常に同じ方向に吹き続ける風によって堅い土の背だけが残る

立ち枯れた胡楊。かつて近くに湖があったらしい

アシス米蘭を出発した日に自動車隊は氷が張りつめたような塩の川沿いを進んだ

見渡すかぎり赤茶けた起伏がひろがっている。『西遊記』の妖怪が潜んでいるような…

ゴビ砂漠の入口にある鳴沙山をラクダでいく

塩水だったが、水のあるところでのキャンプは気分が落ちつく
(バシクルガンにて)

オアシスの米蘭で楼蘭人の末裔に会った

ヤルダン(風化土堆群)のむこうに楼蘭を象徴するような仏塔が見える(楼蘭古城)

夕陽は地平線に接近しても堂々と丸い形のまま大地にめりこんでいく
(第三キャンプ)

蒼い大気はときに濃すぎて黒く見えることがある

二千年以上経つのに乾燥しつくしているので腐食も風化もしていない（楼蘭古城）

胡楊でつくられた台座や柱はまだ充分に原形をとどめている（楼蘭古城）

二千年以上前の、寺院と推定される跡地で。
申し訳ないがその上に座ってしまった。(撮影・日中共同「楼蘭」探検隊)

新潮文庫

砂の海

—楼蘭・タクラマカン砂漠探検記—

椎名 誠著

新潮社版

6579

砂の海　楼蘭・タクラマカン砂漠探検記●目次

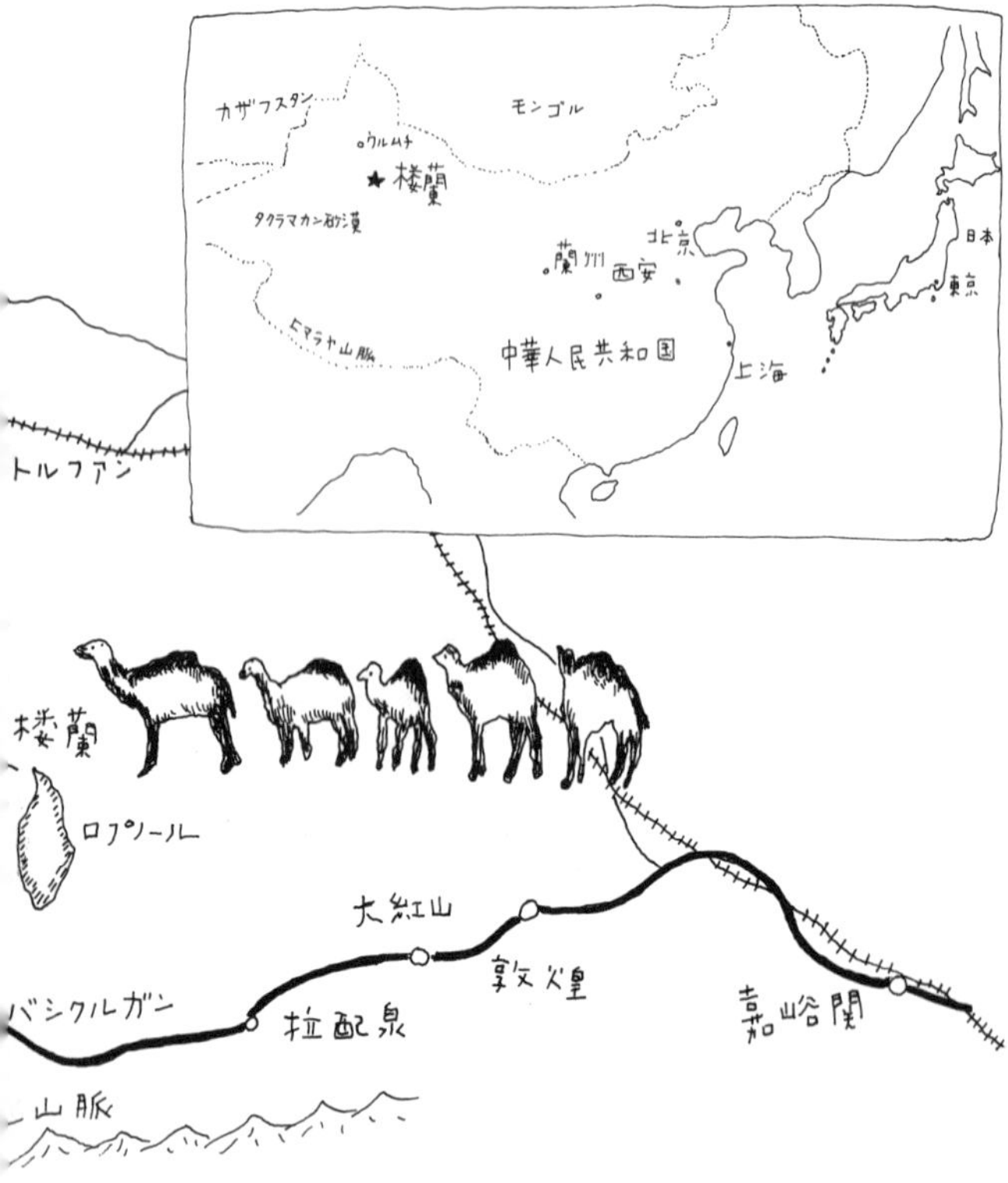
カザフスタン
モンゴル
ウルムチ
楼蘭
タクラマカン砂漠
北京
蘭州
西安
日本
東京
ヒマラヤ山脈
中華人民共和国
上海
トルファン
楼蘭
ロプノール
大紅山
敦煌
嘉峪関
バシクルガン
拉配泉
山脈

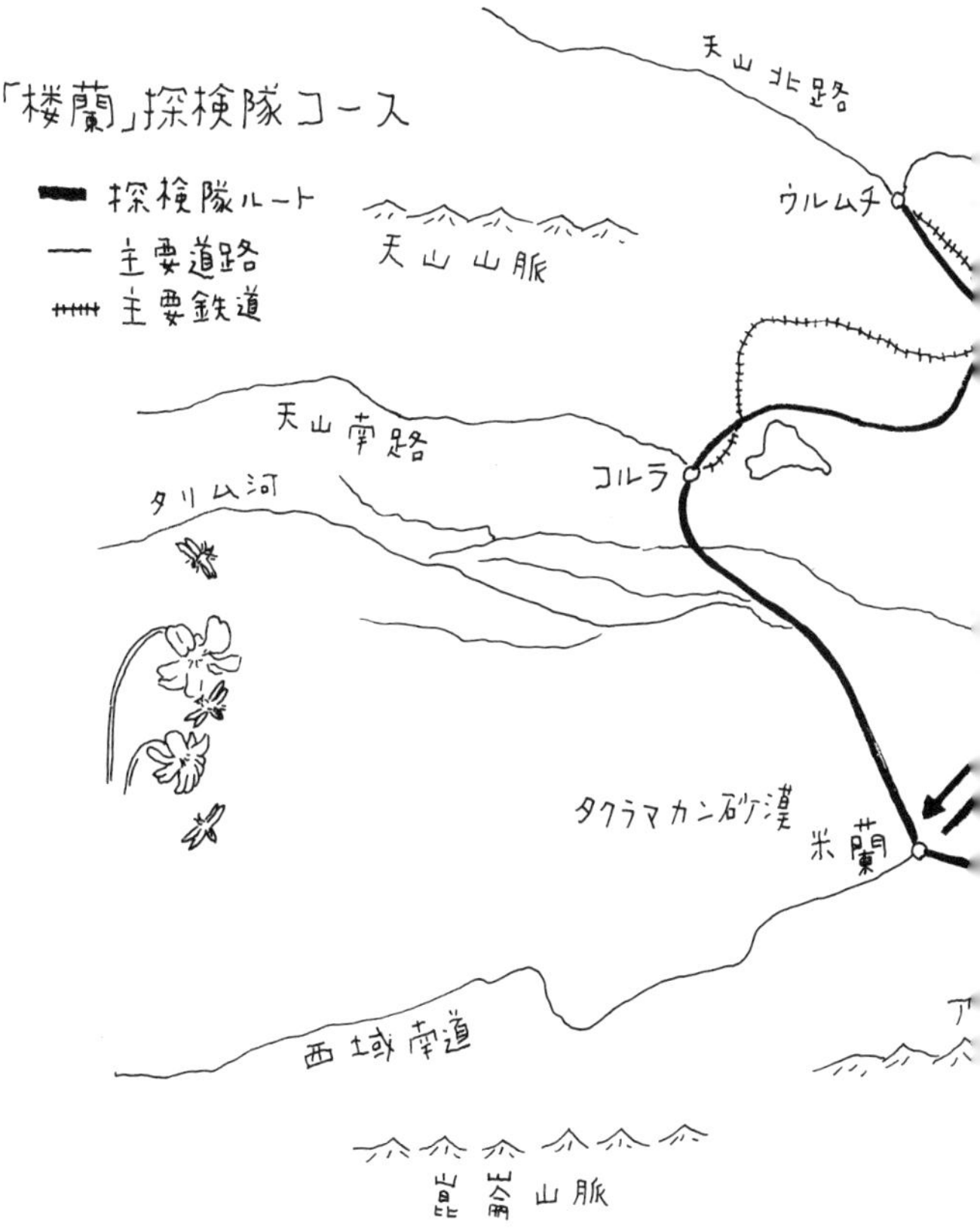
「楼蘭」探検隊コース
探検隊ルート
主要道路
主要鉄道
天山山脈
天山北路
ウルムチ
天山南路
コルラ
タリム河
タクラマカン砂漠
米蘭
西域南道
崑崙山脈

口絵・本文写真――水村　孝（朝日新聞社）
（掲載写真中、日中共同「楼蘭」探検隊撮影とあるものは、朝日新聞社提供）
挿画・地図――沢野ひとし

砂の海

楼蘭《ろうらん》・タクラマカン砂漠探検記

さまよえる湖

なつかしい目をした女
ロマンとヘチマ
月牙泉《げつがせん》のピョンピョン虫
砂漠のアルコール

タクラマカン砂漠へ行くことになった。

タクラマカンとは、西域に住むウイグル族の言葉で「入ルト出ラレナイ」ということを意味するらしい。

のっけからすごい名前のところなのだ。そんなオソロシイのじゃなくて「ヒルネニイイ」とか「マタスグオイデ」なんてのを意味するところのほうがいいのだけれど、しかしまあ土地の名なのだから仕方がない。

めざすはロプノールと楼蘭《ろうらん》。

ロプノールは、北緯四〇度と東経九〇度の交叉点《こうさてん》のあたりに位置している。二十世紀

のはじめにスウェーデンの探検家、スウェン・ヘディンが数度にわたってこのロプノールに流れこむタリム河をたどる探検を行ない、この湖がおよそ千六百年ごとに南北に移動している――という仮説を発表した。そしてこの探検の折に偶然発見されたのが、二千年前までこの湖のほとりで栄えたとされる幻の王国、楼蘭であった。

このロプノールと楼蘭については後々実際にそこをわがドタ靴が歩いていくので、その感想なりをそのときくわしく書いていくことにする。

ヘディンの『さまよえる湖』を最初に読んだのは小学六年の頃であった。図書館でこのタイトルを見つけ、少年シーナマコトは湖がさまよっているなんてどうもあやしい……と、きわめてソボクに不思議がったのであろう。

その本を読んで、世の中には「探検家」という仕事があるのだ、ということを知り、そのことにいたく感心した。

探検――というのはつくづく面白そうである。よし、将来自分も探検家というものをめざそう。あちこちうろつき回る山とか、身もだえる川とか、沸騰《ふっとう》する海、などといったものを探して歩くのだ。そしてまずはおれもヘディンの見つけたさまよえるロプノールへ行ってみよう……、と。さらに連鎖的にその周辺にある世界の探検冒険紀行ものをいろいろ読んでいった。『世界最悪の旅』のスコットや『コン・ティキ号探検記』の少年版を最初に読んだのはこの頃であった。

しかし、中学に入り、日本では明確に探検を職業とするのは絶望に近いほど難しいことだ、という厳しい現実を知った。さらにロプノールは中国領の砂漠のまん中にあって、そこをめざすといっても、中国と日本は国交がないこと、砂漠の奥地に大部隊の探検隊が入っていくには莫大《ばくだい》な金と外交レベルの国家交渉が必要であること……などの巨大なかつ基本的な壁がいくつもたちはだかっていることを知った。

高校生になるとうっかり探検家になりたいなどということを口に出すと周囲から人格的に危険視されそうな気配があった。それはまあそうだ。現実的には目の前の国語算数社会理科のオノレのこの低レベルの点数をどうしたらいいのだ、このさまよえる頭をどうしたらいいのだ――という問題の方がずっと重要なことになっていたからだ。

しかしその間に世の中もいろいろ大きな動きがあって、日本の政界には田中角栄があらわれ、世界は東西冷戦がさらに進んでいった。

日本は高度成長期を迎えようとしており、東京オリンピックの開催などが決まり、日本中が騒々しくなっていった。

おれは人生の目標がさっぱりわからないまま呆然《ぼうぜん》とした二十歳になっていた。秘境探検の夢を絶たれて、それならとまだ見果てぬ女探検に挑んだがまたもやそれにも軽く敗れ去ったりし「いやはや」などとつぶやきつつ、そこらの路地裏を酔って這《は》い回り、朝方一瞬目ざめ、東の空などを眺め「これじゃあいかん!」などとつぶやいては再びコウべをたれて息絶えたりなどしていた。

二十二歳で社会人になり、休日のおりおりに仲間を集め、みんなで山や海へ行きテントを張って焚火《たきび》をおこし、むなしくマムロ川音頭《おんど》などをうたっては芋を焼いたり酒をのんだりする無目的型バカ旅をくりかえすようになり、いつしかその焚火偏愛集団を「あやしい探検隊」と呼ぶようになっていた。

正しい探検隊になれなかったおれは、それもまあしかたあるめい、と思っていた。

ところが人生というのはわからないものだ。

あるとき友人の紹介で、なんだかとてもなつかしい目をした女性と出会った。おれは一目でその女性が好きになり、目の前の人生がなんだかとたんに明るく美しく花やかな音楽に彩《いろど》られているような気がしてきた。

その女性は中国のハルピンで生まれ、父は戦死同様の厄難によって大陸で死に、二歳の時に母と日本に引き揚げてきたのだった。

「私の夢はいつかチベットと西域に行くことです。スウェン・ヘディンの探検が好きなのです」

と、その人は言った。

おお、なんといきなりそのような人からヘディンの名が出てきた。その頃おれと焚火で酔っ払っている仲間たちは、ヘディンもプルジェワルスキーもヘルマンもヘイエルダールも何も知らない連中ばかりだった。

おれはその女性と西域のいろいろな国の話をした。

「いつかそういうところへ行きたい」

という話は、話しているうちに気持がたかまってきて楽しかった。

やがておれはその女性と結婚した。政界にあらわれた田中角栄は日中国交回復の立役者になった。おれはせっせと仕事をし、本を読み、酒をのんだ。

やがてひょんなことからモノカキになり、その仕事にからんで外国へのいろいろな旅に出るようになった。その旅はテレビのドキュメンタリーのために出ていくことも多く、テレビは貪欲《どんよく》に世界のいろいろな秘境や、サンクチュアリとされるようなところまで突入していくようになっていった。

そしてあるとき、朝日新聞社とテレビ朝日が「日中共同楼蘭探検隊」を計画し、同行するテレビドキュメンタリーの仕事でおれに参加しないか、と言ってきた。目的地はロプノールと楼蘭である。

外国人がそこへ向うのは一九三四年のヘディン隊以来五十四年ぶりであるという。絶対行けることはあるまいと思っていた幻の砂漠が、突然目の前にそのルートをひらいてくれたのだ。

「妻よ、やったぞ！」

おれはひそかに唸《うな》った。人生いろいろやってみるものだ。

その砂漠の旅へ行く前におれが旅行した世界は主に大陸と島と海峡だった。砂漠はゴビのほんの入口のあたりを眺めた程度である。

本格的な砂漠をテント旅で行く、というのは随分心が躍るものである。

蜃気楼《しんきろう》とはどういうものなのであろうか。砂嵐《すなあらし》がくると一メートル先が見えなくなってしまうという。場所によっては砂男というのが出てくるらしい。雪山は雪女なのに砂漠はどうして男なのだ――。そこのところがどうも不公平だ……。

砂漠というのは思った以上に何もないところである。ロマンがある、というが、ロマンよりもとにかく砂ばかりで、どこをむいても砂砂砂なのだ。砂漠だから当然なのだろうが、あまりにも砂が多すぎる。

おまけに昼は暑いし夜は寒いし喉《のど》は渇くし寝袋はいたるところ砂でジャキジャキするし、まったくもっておもしろいことは何もない――という。

それなのにヒトは砂漠と聞くとなぜかうっとりとしたまなざしになる。

「いいですねえ……」などと言ってフト遠くを見たりする。そうしてその次に「なんといっても砂漠にはロマンがありますからねえ……」という具合になるのだ。

砂漠というとすぐ頭に浮かぶのは「月の砂漠」だ。

月の砂漠を
はるばると
旅の駱駝《らくだ》がゆきました。
金と銀との鞍《くら》置いて
二つならんでゆきました

この「月の砂漠」は大正十二年に児童雑誌『少女倶楽部《くらぶ》』に発表された。作詞は加藤まさをという抒情《じよじよう》画家で、千葉県御宿《おんじゆく》海岸の砂丘を見てつくったという。

海岸砂丘で日本で最大のものは鳥取砂丘だが、ここに行ったら観光サービス施設がこしらえたものらしいのだが、入口のところにスピーカーがある。これがでっかいボリュームでこの「月の砂漠」の音楽をこれでもかこれでもかと流していて旅情も抒情もロマンもヘチマもない。ロマンとヘチマを並べてみて思いだしたが、そのむかしヘチマコロンというのがあった。うーむ、せっかくロマンの砂漠なのでムードよろしく、と思ったのだがちっとも格調が高まらない。

砂漠のイメージをもっと強烈につたえてくれたのは映画『アラビアのロレンス』だった。

はじめて見たのはまだ高校生のときだった。今はもうない日比谷劇場の七〇ミリの大スクリーンで見たとき、まさしく息をのんだ。モーリス・ジャールの音楽も素晴しかった。

まだ七〇ミリの大画面や、サウンドトラックがいくつにも分かれて、背後からも音が出る、という映画に慣れていなかったので、この砂漠のイメージは強烈だった。『アラビアのロレンス』は数年後、シネラマ劇場のテアトル東京でも上映された。テアトル東京のスクリーンはヨコ二十二メートル、タテ九メートル、奥ゆきは六メートルあった。スクリーンが湾曲しているので、奥ゆき、という表示が必要なのだ。

このプールをタテにしたようなでっかい画面いっぱいに、砂の世界が映しだされた。ロレンスが、従者の少年といくつも砂丘をこえていくシーンなどはモロに「月の砂漠」そのものであった。扇情的に見るものの琴線を刺激しまくった。

そしてそのあとすぐにはじまったNHKの「シルクロード」が日本人の砂漠のイメージをもっとはっきり具体的にきわだたせた。第一期のタイトルバック。ベドウィンもしくはトアレグ族を思わせる美しい女性の無言の凝視にダブッて、砂丘をいくラクダの隊商その揺れる鈴のシルエットなんぞを喜多郎の曲の高まる中にオーバーラップなんぞして、もう徹底的圧倒的コノヤロ的に砂漠を謳《うた》いあげた。

これでは多くの日本人が砂漠に胸をフルワセルのも当然である。

かくいう自分も、つまりその一人であった。

モノカキになってすぐの頃まずは日本からもっとも近い砂漠へ向った。

鳴沙山の巨大な砂山をラクダでいく。砂山は光のコントラストがつよく、常に稜線がくっきりあらわれる

上海《シャンハイ》から一泊二日の長距離列車に乗り、さらに自動車で四百キロ走って敦煌《とんこう》へ。この敦煌のあたりからゴビ砂漠がはじまる。

河西回廊の入口に鳴沙《めいさ》山というところがあって、そこから先は砂丘がうねっている。公園でいえば管理人事務所といったものがあるあたりに貸ラクダのおっさんがいて、そこにはラクダが三十頭ぐらいおさまりのつかない顔で「ぐへえーいぐへえーい」などと啼《な》いている。

そのうちの一頭を借りて砂丘を登っていった。馬とちがってラクダというのは非常にわがままで反抗的でずるくて怠け者である。どうもここまで悪口の並ぶ動物も珍しいが、しかし乗ってみるとそれがわかる。登るのを嫌がるので仕方なく降りて鼻綱を引くと、スキを見て嚙《か》みついてくる。

いくつか砂丘をこえると、NHKの「シルクロード」のあのタイトルバックのような風景になってきた。このあたりだと、例の貸ラクダは沢山いるし、シルクロードには他に砂丘地帯は少ないから、カメラ機材の運搬など考えるとここが一番よさそうだ。

「ふふふふ……。わかったぞ」

おれはバカラクダを引っぱりつつ静かにフクミ笑った。

シルクロードにはもうラクダの隊商はいないから、あれは現代のおとぎ話の風景なのだろう。

鳴沙山のてっぺんに登ると反対側の眼下に月牙泉《げつがせん》という砂の中の小さな泉が見える。この泉は一日のうちに七色にその表面の色を変えるという美しい神秘の泉だが、降りていって近くまで行くと底は一面の藻《も》がひろがり、なにやらあやしいピョンピョン虫のようなものが沢山いた。

砂丘も泉も、あまりそばまで行かずにひっそりと望見していたほうがいいようだ、ということをこのときつくづく知った。

ロプノール、楼蘭への旅は、東洋史、自然地理学、植物生態学、昆虫学等の学者研究者、新聞記者、医師、通訳など三十人近くが参加し、中国側からは同じく中国の学者チームとサポートする車輛《しやりよう》隊、天幕炊事班など百人以上が参加するという。

こうなるとまったくもって「正しい探検隊」なのである。

実質的な準備期間が約半年間あった。準備室が築地《つきじ》の朝日新聞社内に設けられ、そこから定期的に各方面の連絡書類などが送られてきた。それらの情報を見ると、砂漠にはトラック隊とジープ隊で入っていく。何十年も入っていないところなのでルートというのはまだ大ざっぱなものしか決まっておらず、最終的にはトラックやジープを捨てて徒歩になるようだ。

「よおし！」

そこでおれは秘《ひそ》かな個人的な作戦をたてた。

体を徹底的に鍛え直しておこう、というのがまずそのひとつ。学生の頃からずっと体育会系格闘技派だったので、いまだに朝食前に体を動かしている。

それまでは部屋の中で軽いウエートトレーニングをする程度だったが、外に出て走り込みをすることにした。一日三十分。近くの公園に行ってとにかく半年間サボらないこと、というのを自分で決めた。こういう愚直なトリキメは昔から愚直に守るのである。

その目的は楼蘭古城へ、日本人として誰よりも早く入っていきたい、という秘密作戦なのであった。

もうひとつは作戦というわけではないが、その砂漠の旅では、何か彫刻しやすい木を持っていって、その旅にふさわしい「ナニカ」を彫り、完成したら楼蘭のキャンプの折に幾晩か月光にあてて〝楼蘭の神〟にしよう。

こういうことを考えながら、高田馬場へ行き「ＩＣＩ石井」の越谷英雄さんに会いに行った。このところどこかヘンテコなところに出かける、ということになると越谷さんに相談に行く。

その日はテントの中でも明るく笑って文庫本が読める照度があってパワーとスタミナのあるヘッドランプと、砂の上の旅でもっとも力を発揮する強くて軽い靴をおしえてもらう、という目的だった。

ヘッドランプは、二十代の頃に登山キャンプで使っていた単一電池セットを腰のボックスに入れ、そこからリード線を頭に引っぱってライトを点《つ》ける式のものから較《くら》べると随分軽量小型化してきたが、それでも光量が乏しく、光の焦点のポイントも曖昧《あいまい》なのだ。

アウトドア製品はフランス製のものとカナダ製のものが気に入っているので、そういう国のいいヘッドランプはないのですか、と聞くと、目下は日本のものが一番いいのですよ、という返事だった。持ちのいいリチウムの二段切り換え式のものである。靴は少し時間をかけて見つけてくれることになった。

次はカメラである。砂漠の旅での問題はやはり砂である。いくつかの砂漠探検紀行ものを読むと、パウダーのような微細な砂がレンズの鏡胴の部分まで入りこんできて、回転しなくなることもあると書いてある。そういう時は水中カメラがその密閉性において威力を発揮する、という話であった。

残されたもうひとつの問題は、旅の間アルコール類はどうなるのだろうか——という少々フラチなことについての不安であった。まあ砂漠の旅であるから、毎日ビールの呑《の》み放題、などというノーテンキな期待は一切持っていないが、乾燥した砂漠の旅の、一日の終りに、たとえばせめて週末に一度でもコップ一杯のビールが呑めたらいいなあ……などと思った。しかし準備室へ行くと、その担当者は早くも相当に繁雑な仕事に追われており、とてもそんなことを聞ける雰囲気ではなかった。

そうこうしているうちに、準備の期間なんぞあっという間にすぎてしまう。出発三週間前に日本人隊員全員集まっての結団式兼壮行会兼顔合わせ会というようなものが行なわれた。隊長・轡田隆史《くつわだたかふみ》、副隊長・田川一郎、事務局長・松村崇夫、相談役・西園寺《さいおんじ》一《かず》晃《てる》、顧問格に長澤和俊《ながさわかずとし》といったところがリーダー各氏。全員で二十九人だった。

おれが直接加わるチームはテレビ朝日の取材チームで、プロデューサーが副隊長兼任の田川一郎、ディレクターに原一郎、安田裕史、カメラに永島良人、西稔、ビデオエンジニアの小倉守、長岡茂樹、オーディオエンジニアの内海《うつみ》浩義。

記者や大学の先生たちで構成されている朝日新聞本隊のめんめんにくらべて、テレビ取材チームというのはたいてい全体の雰囲気、タタズマイというものがどうもあぶなっかしい。でもそういうところがおれとしてはなんだかホッとするのである。

プロデューサーの田川さんは出発が近くなってくると、なんだか妙に暗くなってきた。事前に打ち合わせ等で会っているときは静かで穏やかで実に人間的な気分のいい人だったが、その日はともするとうつむきかげんで、時おり小さなため息などついたりしている。ディレクターの原さんは足より細いジーンズをはいた瘦《や》せた若者で、砂漠の風が吹いてきたらあっという間に三千メートルぐらい吹きとんでいってしまいそうだ。もう一人の安田さんはどうやらお婆《ばあ》ちゃん子らしく、砂漠で寝冷えをしないようにハラマキをつくってもらったようだ。

カメラの永島さんはおれと同じ四十四歳だった。

「あのね、オレ今度の仕事にはこういうもの持っていくんだ」

そう言いつつ彼がバッグの中から引っぱり出したのは白い腕だった。

「ん？」という疑問マークを頭のまわりにバクハツさせていると、

「これ右手のギプスなの。こういう仕事していると手が折れることがあるけれど、でもこれがあれば大丈夫……！」

カメラの永島はそこで素早くニヤリとした。

「ん？　なんだなんだこのチームは……？」

おれは一瞬かれらに見えないところで身をのけぞらせたが、しかしこれから何がおこるかわからない砂漠の旅でずっとつきあっていく連中としてはこのくらいヘンテコなほうがなにかと面白い。朝日新聞の本隊は別としても、こっちのテレビ取材班のほうは、どうやら再び〃あやしい探検隊〃になっていくようであった。

停滞

宇宙飛ぶ活字大作戦
先発隊は進まない
謎《なぞ》のオカヤマキョーコ
オレンジ色の土崖《どがい》人

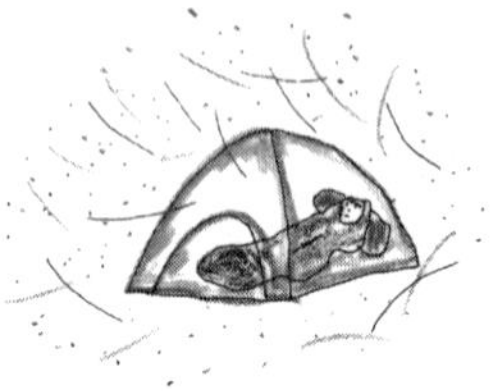

いろいろな準備をしているうちに出発の日が近づいてきた。朝日新聞社の中につくられている準備連絡室から送られてくるＦＡＸの内容もどんどん具体的なものになってくる。
約一カ月半の間の連載原稿などはどうしたらいいのか、というのもおれの場合ひとつの大きなモンダイであった。
砂漠を移動しながら原稿など書けるわけはないし、書いたって送る郵便局もないだろう。ましてやＦＡＸなど望むべくもない。
当時おれは月刊で五誌、週刊で一誌、それ以外で三誌の連載を抱えていた。そのうちに粗製乱造でもいいから書けるものは事前に書いてしまい、能力的に無理なものはスバヤク謝ってしまおう、と思った。そして書きだめするのは無理な週刊誌は休載——という作戦である。

そんなことを考えていると、準備室の松村さんが「いや大丈夫。どこからでも原稿は送れますよ」と不思議なことを言ってきた。

聞いてみるといやはや先端科学大国の考えていることはすごい。静止衛星を使っていつでもどこでも日本と通信できる専用車を持っていく、というのである。インド洋の上に静止しているインマルサットを使って原稿だろうが手紙だろうがバーの請求書だろうがとにかく何だって送ることができるからどうぞ心配なく、と松村氏はこともなげに言うのであった。さらに校正ゲラもどんどん送ってもらえますよ、というのだ。

「それじゃあ日本にいるのとなんら変らないじゃないですか」

有難いんだかそうでもないんだかよくわからなくなってしまった。砂漠の旅を理由につらなる原稿仕事をかなりの〝説得力〟をもって休むことができるなあ、と秘《ひそ》かによろこんでいたのだが、これじゃあ「送れないから」という唯一《ゆいいつ》の「理由」が成立しない。

こういうシステムを砂漠の旅に持っていこうというのは朝日新聞が今回の旅の状況をリアルタイムで連日報道していこうとしているからで、そのために一億円近い特別専用車をこしらえたという話であった。まさに宇宙飛ぶ活字大作戦。ハイテク時代の新聞社の〝探検装備〟はさすがなのである。

さらにくわしく聞いていくと、その専用車さえあればいつでも送受信可能とはいうものの、稼動《かどう》させるためにはそのためのかなりの燃料エネルギーを使わねばならず、また送受信の時間も限られるという。

そうなのである。原稿が書けたからといってそこらのFAX端末機に原稿をセットして、ボタンひとつで「ジジジジジ」などと瞬時にどこへでも送れてしまうわけではない。

「なんだ……」と思うのと同時に「よかった……」と思う気持も相当あった。さらに砂漠から日本まで送るのだから、その送信料だってかなりのものになるだろう。所詮《しょせん》ばかげたことしか書いてないおのれのこのくねくねのたくり原稿が砂漠の空を飛んでインド洋上何千キロだかをはしり、日本の東京までとんでいくさまを思いうかべると「そこまでして送るようなものじゃない」という人間としての理性がはたらく。

「この話は聞かなかったことにしよう……」

と思った。

テレビ朝日の遠征チームとも何度か事前の打ち合わせで顔を合わせた。思ったとおりみんな気持のいい男たちであったが、気になるのは副隊長の田川さんの顔色がどうもやっぱり冴《さ》えないことであった。この場合の顔色とは血色いろつやのことではなく、表情気配の方である。

この旅のことを相談しにきた当初とはあきらかに何かが違っている。はてどうしたのだろう……といぶかしがる暇もなく、やがて出発の日になった。

成田国際空港で全員集合。家から成田までずっと高速を使ってすいていれば一時間十五分だが混《こ》んでいると三時間から四時間もかかってしまったりする。用心して三時間半前に出た。

その日の混み具合はまあまあといったところで、二時間と少しで着いた。出発まで待合室でコーヒーなどのみしばらく待機した。そうしていざ搭乗開始というときになって場内アナウンスがおれの名を呼んでいる。

誰かが忘れ物を届けてくれた、というのだ。はて何を忘れたのだろう。それを誰が届けてくれたのだろう？　見当がつかなかった。しかし忘れ物を見つけ、それを届けるとなると妻しか該当する者はいない。

おれが座席に着くとしばらくして航空会社の人がその忘れ物を届けてくれた。ヘッドフォンであった。砂漠の旅だからその間、たぶん退屈するときが多いだろう。そういうときに一番役に立つのがウォークマンだ。今回の旅はゆったり聴くためにイヤーフォンではなく、大きなヘッドフォンにしたのだ。これで今度の旅の精神的余暇は万全の構えだな。などということを妻に向ってほざきながら、肝心のそれを出発間際《まぎわ》にどこかに置いてきてしまったのだ。

まったくおれはこういうことがよくある。

往復四時間以上のところをわざわざ届けてくれた妻に心から感謝した。これを忘れていったら北京《ペキン》などではまず絶対に手に入らないだろうし、折角持って出た音楽のテープも機材もただもうムナシク悲しいデクノボウ的所持品になってしまう。


やがて我々をのせた全日空機は離陸した。三人座りのエコノミー席は少々狭くるしいが、すぐにプチンとあけた缶ビールがうまい。一緒に出てきた珍味三種、カキノタネとピーナツとイカクンもうまい。しかしよく考えるとこの三品ともそれぞれごくごくありふれたものなのに、どうして珍味なのかな？　などとフト考えるのだが、考えたからといっておのれのこの空気頭では何がどうとわかるものでもない。

人間の体は気圧状態によってアルコールの酔い加減が変るという。すなわち同じ量のアルコールでも高いところにいくにしたがって酔いが早くなり深く濃くなる。このことは案外知られていなくて、団体で海外旅行に出てうれしくってうれしくってしかたのないおとっつあんたちがついついいつもよりガバのみしてしまう。しかしその酔いはいつもより急速に激しくくるから、そこで悪酔いしてヒトにカラムわゲロを吐くわトイレでタオレルわスチュワーデスに抱きつくわとまあじつに大変な醜態になってしまうのだという。うれしくってうれしくってしようがないオバサンも同じようなもので、気絶してしまう場合もあるという。

だから、そういう人体の科学がわかっている人は飛行機の中では酒はほどほどにしているらしい。山へ登っても同じことなので、すぐれた登山家は山に入ると酒など口にしないそうだ。

おれもヒトに聞いたり本を読んだりしてそういう人体の科学を知っていたが、酒の好きなただのバカ作家なので、この記念すべき旅の出発がうれしくてうれしくてビールをさらにのんだ。カキピーとイカクンもさらにたべた。高度一万メートルのアクマのご加護を得て酔いの増す頭で、向うべきはるかなる砂漠の国への想《おも》いをつのらせる。

果して計画通り楼蘭の地を踏めるであろうか。それには東京から見ると地の果てにも思える中国西域へまず入っていかなければならない。中国というのは北京や上海などの都市には簡単に行けるけれど、西の奥地ということになると案外難しいのだ。それはこれまでの二度の中国の旅で感覚的に知った。

一番最初は開放されてまだ間もない頃で、観光客はツアーでしか入れなかった。「中国悠久シルクロードの旅・ときめきと魅惑の十四日間」なんぞというやつだ。

成田空港で参加者全員初顔合わせ、というのでときめきつつ指定された部屋に行くと、きれいな若い女が二十人ぐらいいた。おお……とさらにときめいていると女たちの持っている物や話の様子がどうもおかしい。

部屋の入口の看板を改めて見ると部屋の左右を間違えていることに気がついた。そこはタヒチ方面のツアーだった。中国シルクロードは反対の部屋で、入っていくと老人ばかりが八人、ひっそりと背中を丸めて座っていた。タヒチ方面とは大ちがいで陰気にしんとしており、時おりハナをかむ音やゴホゴホ咳《せき》こむ音がする。八人のうち三人がお坊さんで、おれが挨拶《あいさつ》すると、三人揃《そろ》って手にした数珠《じゅず》をざりざりさせて念仏をとなえた。

老人が多いのでその旅は「人はどこで死んだらいいか」とか「信仰と功徳《くどく》」とか「よい輪廻《りんね》よくない輪廻」などといった話題ばかりでため息も多く、敦煌につくとみんなくたびれて腰などトントン叩《たた》いてはまたため息をくりかえしていた。

敦煌はシルクロードの入口でもあり、そこから続く砂漠の砂のうねりを眺めながら、このむこうにロプノールや楼蘭があるのだなあ、と思った。当時はしかしそこから先は入っていけなかった。

二回目はそのはるか先、西域のウルムチまで行く、という待望の旅であった。西域はテレビの取材なら許されていた。おれはその番組のレポーターとしていよいよそこに潜入できるヨロコビにコーフンしていた。

そして北京に入り、いよいよウルムチへ向おうとする前の晩に政府からいきなり取材許可いったん取り消し、北京でしばらく待機せよ、などと言われた。一週間の再交渉もうまくいかず、結局取り消しの理由もはっきりしないままにその旅は中途で挫折してしまった。

一万メートルの高度の影響でいつもより酔いの進む頭でおれはぼんやりそのようなことを思いだしていた。

だから、今度こそ大丈夫だろうな、と思った。いわゆるひとつの「三度目の正直」というやつである。そもそも今回は《日中友好十周年、朝日新聞創刊百周年、テレビ朝日開局三十周年》を記念してのものだ。個人的に三度目であり、そこに十周年と三十周年と百周年が「どおーん」と加勢している。加えておれはおん年四十四歳である。しかもおれの飛行機の座席は三十三のAであった。これだけ周辺をいろんな記念的数字でどっと固めているのである。なんだかわからないが、とにかく「どうだまいったか！」と鼻の穴をふくらませていると、機長から妙にかすれたダミ声のアナウンスがはじまった。

「北京空港が閉ざされていますので、急遽《きゅうきょ》大連へ向うことになりました」

うーむ……。腕を組んで窓の外を見た。そうか今回はそういう手できたのか……。

しかし慌《あわ》てることはない、と思った。中国・シルクロードの旅はそもそも昔から何がおこるかわからないのだ。アルコールがじわじわ効いてきていた。「ま、いいのだ、とにかく中国へ向っているのだから！」

心を大きくして間もなく睡《ねむ》りについた。

目がさめる頃、機は降下態勢に入っていた。

「そうか、大連に降りるのだっけな！」

それなりの心がまえをもって降りよう、と思っていると機長から再びアナウンスがあった。

「大連も空港閉鎖されましたので、これから福岡へ降下します」

うーむ……、とまた腕をくんだ。事態は油断ならなくなっている。「しかしまあそういうこともあるだろう……」シルクロード三度目突入の男はこんな程度ではおどろきはしないのだ。「まあいい……」そう自分に言いきかせつつも、やや落ち着きのない目で降下していくあたりの風景をしっかりと眺めた。福岡などといいつつ「平壌《ピョンヤン》空港」などと書かれてはいまいか……とフト不安になったのである。

よかった。ちゃんと「福岡」と書いてある。しかしよく考えたら我々はまだ福岡あたりをうろうろしているのである。よろこんでいる場合ではなかった。

少々腹がへってきていたが一度出国してしまっているので、福岡では外に出るわけにはいかない。三時間ぐらいの余裕があるのだったらわっとタクシーをとばして中洲《なかす》あたりに行き、長浜ラーメンの替え玉二個ぐらいをわっとたべてわっと戻ってくる、という〝わっと型〟夕めしに丁度いいのにどうも残念なことである。

機は一時間と少し止まってまた飛びあがった。もうどこへでも行ってくれい、と思っているど三時間後にちゃんと北京に着いた。北京と大連がなんで空港閉鎖したのかの説明はとうとうなかった。まあ中国というのはだいたいがそんな国なのである。

二日後の九月十七日、北京から蘭州《らんしゅう》へ向うことになっていた。飛行機が小さいので二十九人の日本人チームはふた手に分かれて、おれは先発隊に入っていた。出発が早いのでまだ暗い早朝に空港へ到着。しかし蘭州行きの飛行機は故障しており、目下修理中という。代替機という考え方はまったくないようで、我々はその飛行機が飛べるようになるまでとにかく空港で待っていなければならなかった。

何の説明もないまま、ずっと待合室でごろごろしていると、やがて夕方になった。すると後続隊がやってきた。後続隊は一様に「あれま！」という顔をして我々を見ている。

「こんなところで何をごろごろしているのですか？」と口々に言うのであるが、我々も別に好きでごろごろしているのではないのだ。しかしここはとにかく悠久四千年の中国なのである。あせっても仕方がない……。早くも我々の考え方は中国ナイズされてきていた。

「我々が出なければおたくらの飛行機も出ないのだから一緒にごろごろしましょう」

我々は笑ってそう言った。そして改めて後続隊と一緒になってごろごろした。

蘭州には翌日到着した。この空港に来るのは二度目であった。前回も夜着いた記憶が

中国の空港はこまかいことは何も案内しない。だって飛ばないのだからしようがないだろ、という考え方である

空港内を連絡係の買物カゴつき自転車が走り回る。わかり易く話が早い人力システムである

ある。空気がつめたく、空港の内外が死んだように暗い。闇《やみ》の中に巨大な複葉機が五十年ほどタイムスリップしたようなかんじで重く暗く並んでいた。

その闇の中で、突然叫び声がした。日本語である。

「オカヤマキョーコ！」

中年のおとっつあんの声だ。事情はわからないが、なんだかひどく緊迫している様子だ。

「オカヤマキョーコ！　オカヤマキョーコ！　オカヤマキョーコ！」

暗闇にひびくおとっつあんの絶叫というのも中々タダナラヌものがある。間もなく叫ぶおとっつあんが走ってきた。両手に荷物をいっぱい持ってひどくあせっているようだ。おとっつあんはそのまま滑走路の方へとび出していった。警備の兵隊が追いかけていっておとっつあんの両肩を乱暴に押さえる。

「オカヤマキョーコ！　オカヤマキョーコ！」

はがいじめに押さえられながらもおとっつあんは絶叫した。どうもこれはやっぱりタダナラヌことがおきたようであった。なんだか訳はわからないが同じ日本人として中国兵に押さえられている同胞をこのまま放っておくわけにはいかない。しかし中国兵に安易に手出しをして騒動がさらに大きくなるとそれに連動して何がおきるかわからない。

せっかく日中友好十周年になったのに、これによって再び日中紛争の火ダネを作ってしまうかもしれない。

「どうしたものか……」と判断に迷っていると、反対側の闇の中から、「こっちだよう、何してるのオ、あんたあ」と言いつつ、オカヤマキョーコらしいおばさんがやっぱり両手に沢山の荷物を持ってどすどすとあらわれてきた。絶叫するおとっつあんは漸《ようや》く安心した顔になり、なんだかよくわからないがコトは無事収ったようであった。よかったよかった。これでなんとか日中紛争の火ダネも消えたのである。

蘭州の空港から町の中へ入っていくのは二度目である。舗装と土の境界のあまりはっきりしない道をバスは中国人特有の無意味にけたたましいスピードで突っ走っていく。道は暗く、ところどころにぽつんぽつんとオレンジ色のなんだかひどくやるせない色をした外燈《がいとう》が立っていて、あとは密度の濃い闇がひろがっている。

たしかこの道だったような気がするが……。茫々《ぼうぼう》とした記憶の断片が頭のまわりを動き回っていた。

「あった！」

おれの記憶は正しかった。道のむこうにその土崖《どがい》はあった。外燈と同じようにオレンジ色の灯がもれている。

土崖に住む人々なのだ。崖《がけ》をくりぬいて、そこに住んでいる。遠くで見ると四階建ぐらいのちょっと不恰好《ぶかっこう》なビルのようにみえるのだが、そうではない。

見たところ十二、三世帯はあるだろうか、この前このルートを通ったのは一九八一年のことであるから、土の崖に住む人々はおそらくこの七年間ずっと同じように住んでいたのであろう。

時間があったらそういうところで暮らしている人々の様子をもっとしっかり見たいところであった。

しかしバスはけたたましいクラクションを鳴らしてまるで何者かに追われているような荒々しさで町への道をひた走っていった。


蘭州での二日間はもろもろの準備にあてられた。北京でいったん会ったものの、我々が先に蘭州に着いたので、後発隊がその後どうなっているのかさっぱりわからなかった。二日たってもあらわれないので再び先発隊は出発。もしかするとこのようにしてロプノールや楼蘭に向う間ずっと別々に移動している、ということもあるかもしれない、などと少々不安になってしまった。

後発隊には我々テレビ取材チームのリーダー田川プロデューサーがいる。田川さんは北京に着いたとたんますます暗い顔になってしまった。何だかわからないがどうも抜きさしならぬ大きな悩みを抱えているようである。一身上のことであるのかそれとも今度の旅のことであるのか見当がつかなかったが、とにかく日本で何度も打ち合わせしていた時の顔つきや表情とだいぶ様子がちがっていた。理由がわからないだけにとても気になる。

二泊したのち、早朝の列車に乗るために駅に向った。このときになって漸く一日遅れでやっと後発隊の飛行機が飛んだらしい――という情報を聞いた。けれどまだ我々とどこでおちあえるのかまったくわからない。

列車は軟臥車《なんがしゃ》（寝台車）のコンパートメントであった。二段ベッドの四人部屋である。出発前に蘭州の町で慌《あわただ》しく買った中国ビール「採江啤酒」の缶をクシャリとあける。西側の缶ビールだとプルトップを引くときはプシュッといい音がするが、中国のビールはなぜかクシャリという音なのだ。

テレビ撮影隊のあやしいめんめん、「細っこい原」と「フトメの安田」と「ギプスの永島」とクシャリクシャリとフタをあけ、のったりした列車の震動の中で乾杯した。まあけっしてスムースとはいえないが、いや、きわめて圧倒的にあぶなっかしい、といったほうがいいスタートであったが、とにかくじわじわと目的地に向って進んでいる、というところが嬉《うれ》しかった。

それにしても楼蘭への道は遠い。現代の旅のスピードをもってしてもまだ砂漠の入口にすら到っていないのである。予定では目的地まであと十五日かかることになっている。

でっかい大地を長大な列車が大きくくねってすすんでいく。一時間たっても何もかわらない窓外の風景を見ていると確実に睡くなる

それも毎日さまざまな手段で前進していての話なのだ。しかしそれでもスウェン・ヘディンの一年、二年とかかる当時の旅とくらべたら信じがたい超特急の旅であろう。

　一日中列車の中から荒漠とした〝黄土の海〟を眺めていた。何もやることはないから本を読んだりいねむりをしたりのじわじわの移動である。

　その日の夕刻、嘉峪関《かよくかん》に到着した。ここから日中共同の自動車部隊が出発する。今回の旅の実質的な出発点でもある。

　薄闇の中になぜかけたたましい音楽が流れていた。町の役所の屋上あたりに取りつけられているスピーカーから音楽が風に乗って流れていく、というような生やさしいものじゃなくて、なんだか町中の高い建物のすべての屋上からそのけたたましい音楽を流しているようであった。人々はその音に合わせてオイチニオイチニと慌しく動き回っている。なんだかわからないが、シルクロードの入口はむちゃくちゃに元気なのであった。

無限軌道

嘉峪関《かよくかん》の空中演歌行進曲
感度良好隊出発
鳥人たちと無限軌道車の夢
砂山ザーサイ弁当

流れる曲は歌入りで、演歌と行進曲をまぜたようなかんじである。中国語だからどんなことを言っているのか歌詞の内容がわからない。演歌のように聞こえるが、まさか〽ねえあなた、今夜は私を酔わしてよ……なんてうたっている訳はない。ここは中国なのだ。中国じゃなくたって、日本だって夕方の忙しいときにそんなもの街中に流されたりしたらたまらない。

やっぱりこれは、今日も一日ごくろうさん、明日も正しく生きましょう——なんてことをうたっているのだろう。

インド、ベナレスのガンジス河の近くではひっきりなしに質の悪いスピーカーで宗教歌のようなものを流している。

女のうたう宗教歌というのは黙って聞いているとどうも怖い。いや黙っていなくてもやっぱりどうもブキミだ。何を言っているのかわからないが、絶対にこれは正常な状態の人間の声ではないな、ということがわかる。たとえていえば怨念《おんねん》邪念にみちてサカサ吊《づ》りになった好色な老婆《ろうば》が七万本のネコジャラシで全身をくすぐられているときの声だ。じゃあそれはどんな声だ、といわれてもこまる。自分で試してもらうしかない。その時出てきた声がそれに近い。たぶん。

嘉峪関の演歌行進曲は薄闇《うすやみ》の中でいつまでも続いていた。ホテルの前庭に新品のクルマがずらりと並んでいる。日本から二カ月がかりで送られてきた二十台の三菱《みつびし》パジェロと、二台の通信車だ。

「あれがあの宇宙通信車か……」

静止衛星を使って、砂漠を行く我々と日本を瞬時につないでしまうという噂《うわさ》のハイテク高性能特別仕様車は、遠くから見ると背中に巨大な円形のドームをのせたノロマな蝸牛《カタツムリ》車のように見えた。

今度の旅はここからこの自動車隊を編成してとにかくひたすら砂漠の奥地をめざすことになる。

楼蘭への探検は、有名なスウェン・ヘディンの一九〇〇年と翌一九〇一年の楼蘭、ロプノール発見後、エルスカオース・ハンライントンが一九〇六年一月十八日に到達。ただしこの人は考古学者ではなかったので、発掘調査は殆《ほとん》どせず、印象としてはちょっとたちよった程度であった。同じ年の十二月にマーク・オーレル・スタイン（ハンガリー生まれの英国人）がかなり大がかりな発掘調査をしている。

四番目に楼蘭に入ったのは日本人であった。西本願寺の西域調査隊員であった橘《たちばな》瑞《ずい》超《ちょう》が一九〇九年の三月と翌一九一〇年にやってきている。

楼蘭への外国人探検隊はそれ以降、一九三四年のヘディン隊以来であるから、我々のこの自動車隊は外国人としては正式には六番目の楼蘭入城をめざしているのである。おれもその一員なのであるから「ナメンナヨナ」と思わずにはいられない。

自動車と同時に六十人の中国側の支援隊が集結していた。六十人のうち半数が運転手である。

このじぶん中国は自動車の運転免許を取得するには半年ほどかかり、免許を持っている者はエリートでもあった。今回の日中合同調査隊に参加する運転手は軍関係の者が多いようであった。ホテルの庭でそれら支援隊の人々と出会った。皆礼儀正しい。

ホテルの部屋は二間続きの立派なもので洗面所も大きい。長距離列車の旅というのは結構疲れるものだから、熱いシャワーでも浴びようとハダカになって石鹸《せっけん》を持ち、栓をひねった。「プスーン……」とまぬけのオナラみたいな音がひとつ出たきりいくら待っても何も出てこなかった。まあひとたび中国へ入ったら何がおきても驚いたりしないからな、と思っていたので静かにまたパンツをはく。中国的大人《たいじん》としてのこれも修行のひとつである。しかし洗面所を出るときに思わず「クソったれめ！」と大人《たいじん》にあるまじきことを口ばしってしまった。あわてて「大便排泄者奴《はいせつしゃめ》！」と言い直す。

嘉峪関は万里の長城の西端にあり、土や石で造られた古い城郭がひとつの威圧感をもってそびえている。

翌朝、我々の結団式と出発式がこの城郭の前で行なわれた。嘉峪関市のいわゆるお偉方が正面に並び、大勢の小・中学生がブラスバンドで今度は演歌ぬきの正しい行進曲を陽気に演奏し、爆竹がバチバチはね回った。中国側のテレビ局なども取材にきており、どうも考えていた以上に大がかりで本格的なセレモニーになっている。

中国側の楊《よう》志強隊長が紹介された。頑丈そうな体つきをしており、口のまわりにぐるりとドロボー髭《ひげ》が生えている。どこかでよく見かけた顔である。それも日本である。さて誰だったかなあ、とじつに真剣に考えていたらいきなり思いだした。テレビのＣＭで、三橋美智也《みちや》のうたをバックに動物たちと笑っているアニメーション「いいもんだあなあ。それにつけてもおやつはカール」の、あの丸口髭のおとっつあんであった。嬉《うれ》しくなった。これでまたますます〃あやしい探検隊〃ふうになっていけるというものだ。

セレモニーが終ると出発である。二十台の四輪駆動車にはそれぞれ大きく番号が書い

嘉峪関の出発式に集まった人々は、我々がどこへいこうとしているのか正確には知らないようであった。中国人にとって楼蘭はそんなに知名度は高くない

出発式が行われた嘉峪関。むかしから多くの兵士がここから西へ出ていった。ここを出たら還ってこられない兵士のほうが多かった

てある。その番号順に出発していく。砂漠耐久レースのスタートのようで中々勇壮である。

おれは六号車に配属された。同乗は細っこい原とギプスの永島である。運転手はスンさんといった。運転歴十六年。以前は解放軍で戦車の運転をしていたという。

隊列を組んで出発すると、町の人々が「なんだなんだ！」という顔をして立止まって見送っている。巨大なカタツムリのような二台の通信車をまん中にして、それを守るようにして進んでいくので、道で見る人には何か重要な秘密物資を運んでいく怪しい隊列のように見えたことだろう。

各車には無線機がつけられていて、すぐに無線の一斉放送がはじまった。中国語、日本語、ウイグル語である。

日本隊の連絡係は轡田隊長車に乗っている松村さんである。

「こちら三号車。こちら三号車。あー感度いかがですか。こちら感度良好感度良好」

えらく元気のいい声であった。松村さんからの連絡は頻繁《ひんぱん》に入り、かならず前後に「感度良好！」というのが入るので以来「感度良好のマツムラ」と呼ばれるようになった。

嘉峪関から敦煌まで四百キロを第一日目に走る。

途中で伴走していた中国製の四輪駆動車が故障した。そのクルマは我々の隊の正規のものでなく、敦煌まで同行するだけの役割りであるらしいからそこで追走中止ということになった。もう人家は殆どない。砂漠の自動車の旅というのは運転技術と自動車の性能とそのメンテナンスと燃料補給システムの闘いである。

西域探検紀行全集の中の『中央アジア自動車横断』(ル・フェーヴル著、野沢協、宮前勝利訳＝白水社)は一九三二年、フランスのシトロエン隊が七台の無限軌道車でベイルートから一年がかりで中央アジアを横断し北京に至る壮大な探検記録である。

「出発の時間はわざと早朝を選んだ。七台の無限軌道車が一台ずつガレージから出てきたとき、ヨーロッパ人街はまだ眠っていた。シナ人街へはいると、車は驚嘆の目で迎えられた。通行人は立ち止まり、呉服屋や食料品屋はみんな店先へ飛び出して来た。ジュラルミンの車の見慣れぬ格好、キャタピラの轟々《ごうごう》いう音。最後の車が通ったあとには、たちまちやじ馬の群れができた」

——というような記述からはじまるこの探検記録はまるで冒険小説でも読むような胸の躍る世界で、次々に襲ってくる困難と克服がくりかえされる。渡河、泥濘《でいねい》、雷、砂、故障、燃料切れ、地方役人の妨害、ヒマラヤ越え、匪賊《ひぞく》の襲撃、戦乱、荒天、酷寒などなど、とにかくインディ・ジョーンズもまっ青になるくらいこれでもかこれでもかとめまぐるしく様々な問題がたちはだかる。

「時速二十キロだ。しかし一時間で二十キロ走れるのだ。ラクダで行くのなら一日の距離だ」という記述に自動車の旅のゆるぎない〝力〟を感じる。

それにしても無限軌道車とはなんと魅力にみちた名称であろうか。

写真でみると、このシトロエン社製の無限軌道車はトラックの後輪にキャタピラがつけられたくらいの大きさで、全体はジープのような恰好《かっこう》をしている。いかにも力ずくで高所も急流も突き進んでいきそうな戦闘的なスタイルである。

六十年後の現在は、重くて無骨な無限軌道車にかわって軽くて堅牢《けんろう》な車体とパワーのあるエンジン、バランスのいい四輪駆動システムに支えられた高性能な自動車隊になっている。

準備の段階でロングタイプにするかショートタイプにするかでかなりの論議があったようだ。ロングタイプだと相当量の荷物を車内とルーフ上に収納することができるが、問題はヤルダン地帯の通過であった。ヤルダンとは日本語に訳すと「風化土堆群」というそうだが、ヘディンの『さまよえる湖』を小学生の時に読んで、頻繁に出てくるタマリクス（紅柳）とともに一番最初におぼえた言葉である。

「ヤルダンは前より高くなり、ますます突飛な形になって、魚や突き出した屋根、下に深い影のある条溝に似てきた。ときには、塔、城壁、古い家（中略）待伏せしているライオン、寝ている竜、謎《なぞ》めいたスフィンクス、あるいは眠っている犬などの形をしているのもある」（スウェン・ヘディン著、関楠生《くすお》訳＝白水社）などと書いてあるのを何度も読み、そのたびに目をつぶってその情景を頭に浮かべようとしたものだ。

ヘディンの本にはそのスケッチがふんだんに出てくるのだが、しかしその実際の姿や形をなかなかうまく思い描くことができなかった。

いろいろ文献を調べてみると、数千年にわたって一定方向に吹き続けている砂漠の風によって、大地の堅い部分、地殻表面の骨格のようなものが畑の畝《うね》状に何百キロにも亘《わた》って露出している地帯であるらしい。そこを自動車で越えていくことになるらしいのだが、要するに絶えず続く小さな山と谷の走破であるから、ロングタイプだと、車体の前後が山や谷にぶつかってしまう可能性が大きい。

荷物はすべてルーフに積み重ねる、ということにして最終的にショートタイプの車になった。それに乗っていく者としては少しでも車内の広い方が有難かったのだが、しかしまあ砂漠に奥深く入りこんでいくのだから贅沢《ぜいたく》は言えない。

敦煌でも小・中学生の大歓迎が待っていた。少女たちはみな美しい着物に化粧で飾っている。よく見ると莫高窟《ばくこうくつ》の壁画にある「飛天」の衣裳《いしょう》のようだ。たおやかな音楽や再びの激しい爆竹の中でひらひらと舞っている。

かつて莫高窟のいくつかの壁でさまざまな飛天を見たことがある。天女の原形が飛天なのだろうけれど、薄衣をひるがえし上方から少し斜めに舞いおりてくる姿を見て実に素直に息をのむ感動を味わった。

そうか、昔から洋の東西をとわず、ヒトはみんなこのようにして空を飛ぶことを夢みていたのだな、と思った。

鳥人伝説についての本を読むと、古来、多くの宗教が翼をもった天使的なるものを登

町の少女たちが莫高窟の天女となって飛天の舞いで、我々をむかえてくれた

場させている。

古代ペルシャのゾロアスター教徒が天使を創造したのは紀元前八世紀。イスラム教にも出てくる。メッカから攻めてきた千人の遠征軍をマホメットがメジナからひきつれてきた三百五十人の兵士でこれを破っているが、この戦闘に空から舞い降りた天使の軍勢が加勢した、という。紀元前七三三年にユダヤの預言者イザヤは「熾《し》天使たちはおのおのが六つの翼を備えている。二つの翼はその顔を覆《おお》い、他の二つは足を覆い、残る二つの翼で空を飛ぶ」という早くも飛行機人間のようなものの出現を預言している。

このような文献記述をあさっていくと、もっといろいろ面白そうな鳥人話を見つけられるのだろうが、しかしいまはまだ旅を急がねばならない。

敦煌はすでに砂漠の中のオアシスの町なのだがシルクロード旅行者のゴールデンゾーンでもあるから、大変賑《にぎ》わっていて、土産物屋も多くホテルも立派なものだった。

ここを出ると、いきなりアルチン山脈越えになり、天幕生活が続くからとりあえず風《ふ》呂《ろ》はここが最後である。

最後の資材調達や隊編成の本格的な整備などが行なわれるから、宿の中はかなり騒々しかった。

朝日新聞社は、今度の旅にさまざまなセクションから専門記者を同行させている。主に自然科学畑の記者が多いようだったが、社会部の記者もいた。名を臼井《うすい》さんという。どうして砂漠に社会部の記者が来たのかわからないが、他の自然科学系の記者とは見るからに気配がちがう。

この人は顔と全身に「オレ社会部記者だかんな」と書いてあって、手の先がエンピツになっている。どこでも原稿が書けるようにいつでも首から消しゴムと原稿用紙をくくりつけた画板のようなものをぶらさげている。たとえていえば……というのではなくて本当にそうなのだ。

さすがに敦煌の町ではそんな恰好はしていないが、ひとたび砂漠に入ったら本当に即座にさらさらさらのさらさらと何でも書いてしまうぞ、という鋭い態度と目つきをしていた。

おれははじめてホンモノの社会部の記者というものを目《ま》のあたりにしたので失礼ながら何か珍らしい動物でも見るようにしばし観察してしまった。

本格的に砂漠に突入する前のテストでもあったのだろう。あの例のカタツムリハイテク車のエンジンが回り、臼井記者が敦煌に到着してすぐにさらさらのさらと書いた記事がFAXで日本へ送られた。臼井さんのエンピツ文字がこの西域の入口からインド洋上に浮かぶインマルサットへ書いた順に一列になって（たぶん）飛んでいき、やがてそこから日本にむかってキックターンして飛んでいくのである。目的地を間違えることなく、順番を乱すことなく無事飛んでいけよ、そしていつか大きくなって帰ってこいよ……。

やさしい母のような気持になって送り出して、それから四時間もしない頃だった。臼井さんの空飛ぶ文字は印刷された新聞記事となって帰ってきたのだ。

「おお立派になって！」

と、感嘆せざるを得ない。よく見るとその記事は翌日の朝刊の日付になっている。つまりいやはやなんてことだ、西域のオアシスにいる我々が、日本よりも早く次の日の朝刊を読んでいるのである。

臼井さんの古代のサムライ記者みたいないでたちから書きおこされた原稿が空を飛んでいって新聞になって帰ってくる現代の魔法の素《もと》、インマルサットはいずこに、と思いつつ空を眺めた。

満月が出ていた。乾燥した砂漠の町の空に出る月はさやさやと透きとおっているようにも見える。静かで怖いくらいに美しい月であった。

二千年ほど前、楼蘭を討つために出兵していく漢の兵士たちの詩を思いだした。

——あれからもう三度も月の満ちるのを見たのに、我々はまだ目ざす楼蘭の地につかない——

というようなかなしみのうただった。その砂漠をすすんでいった兵士たちも、まさしくこの敦煌を前進基地にして、粛々と月の砂の中へ出征していったのであろう。

さまざまな準備のために敦煌には三日間滞在した。そのあいだゴビ砂漠のはずれに位置する鳴沙山に行った。ここは観光名所としての砂漠のようになっている。しかし長さ二十キロにおよぶ巨大な砂の山のつらなりであるから観光名所といっても鳥取砂丘とはスケールがちがう。砂山は高さ百メートルほどあって元気のいい人々はここに登る。

やっこらしょ、と登っていくと頂上にジュース売りのおばさんが何人も待ちかまえていてヒーハーヒーハー言っているやつの前へ行き「フフフフ」などとあやしく笑いつつジュースを目の前でヒラヒラさせるのだ。中国の人工甘味料百パーセントのあまくてあまくてひっくりかえりそうなジュースだが、水筒ももたずに登ってきた者にはまさに砂漠にジュースだ。

くたびれた人用には貸ラクダ屋がいて「ラクダのらんかねラクダヨオ」などといって近づいてくる。

七年前にここにやってきた時は、観光客も中国人ばかりで、おれは解放軍の兵士と競争のようにして砂山をのぼり、あつい息を吐きつつ、眼下にみえる月牙泉を感動しながら眺めたものだ。

しかしいまは砂山のところどころには「可口可楽」と書く中国製コカコーラのアキ缶がころがっているし、砂山全体が急速に俗化している観がある。このぶんでは早晩「鳴沙山レストハウス」なんていうのができて砂山ザーサイ弁当とかシルクロードランチなんてのが売りだされそうだ。

その日はスンさんの運転する四輪駆動車でこの砂山の西側にひろがるゴビ砂漠へ向った。数日後からの本格的な砂漠入りの足ならしの気分だ。

ゴビは中国式にいうとゴビ灘《タン》という。灘とは堅く荒れている、という意味らしい。ゴビ灘のところどころにラクダの嫌う刺《とげ》のあるブッシュがある。地面が堅いので百キロのスピードで突っ走っていくことができる。地表を走る風が二〜三百メートルの砂塵《さじん》の帯をクルマの横に長く長く引いていく。

八十キロほど入りこんだところでロバ車の一群と出会った。砂漠に放牧してある羊の毛を刈り、ロバ車の上で居眠りしたり野宿したりしながら敦煌まで売りにいくところだという。同行している数十匹の羊は瘦《や》せて汚なかった。

敦煌に到着してから四日目に全隊のクルマと人員と資材が揃《そろ》った。新たにフランス製の大型駆動八トン積みトラックが五台加わった。中国側の人員も百人近くにふくれあがっている。

いよいよ楼蘭へむけて本格的な出発となった。

敦煌の街は朝が早い。ロバやラクダで野良《のら》仕事に出ていく者、荷車に飼料を引かせる者、このあたりではまだしゃれた乗りものである自転車も風を切って走っていく。コスモスの花がいたるところで揺れている。

道を行く人、店の人、家を作っている作業員、すれちがうバスの中の人々等がいろんなかたちで我々の隊列を見送っている。

ル・フェーヴルの無限軌道車隊の威風堂々の出発ぶりを思いだした。老婆《ろうば》が手を振り、子供らが口をあけて見ている。我々の隊と乗った人々をいろんなやり方で見送ってくれた。

簡易舗装ではあったが、立派な道が続いていた。

「西のかた陽関を出《い》ずれば故人なからん」

の陽関遺跡をすぎ、さらにしばらくいくと荒野の中にいきなり十字路があった。そこから陽関南道である。

このあたり、太古の街があったという。いまところどころに石積みの跡やへしゃげて死んだ家がいくつもある。

風はその日も東南から吹いていた。ひとつひとつの車が背後にひきずっていく砂埃《すなぼこり》の帯がそれぞれ真横に二〜三百メートルずつの長くて黄色い帯をつくって走っている。例によってハイテク車をまん中にして二十七台の自動車が同じように長い砂の埃の帯を真横にひきずりながら突っ走っているわけである。最後尾車からの無線で我々の隊列は先頭からうしろまですでに四キロの長さに伸びている、ということがわかった。

これを上空から見たらどのように見えるのだろうか——ということをフト考える。

ゴビ灘《タン》

砂漠の錫《すず》入り定食
コバンザメテント《ゴビ》で笑う
ピンクの野ウサギ東へ走る
黄金朝焼糞

岔路口《チャールーク》というところはいわゆる関所であった。十時三十分。もうすでにあたりは三蔵法師が歩いていてもおかしくないくらいに殺伐異境化している。関所はどの国も威圧的なものだが、ここはなるほど中国である。紅白に塗り分けられた太い丸太が「黙っては通さぬぞ」と道を遮断している。レンガ造りの山賊のカクレ家のような役人事務所があって看板に「阿克塞哈薩克《アクサイカザフ》族自治県公安局文通運輸爆炸物品探査所」と書いてある。何をどう探査するのかよくわからないのだがとにかくタダナラヌことが書いてあるように思える。

なんのことか聞いてみると、ここは中国とその先の少数民族のいろいろな自治区との

境界にあり、とくにこの近くで採れる石綿の勝手な持ち出しを見張っているところらしい。なるほど「石綿出境登記」という看板もあった。けれども〝爆炸物品〟というのは何なのだろう。それが石綿のことなのだろうか？　くわしく聞く余裕もなく我々は無事そこを通過した。

ひたすら砂漠の中に突進していく。堅い荒地のゴビ灘はまだ自動車のタイヤをがっちり受けとめる地殻をもっているから、それほど厳しいスタックはない。道らしいものはあるがそれが道かというとどうも断定するのは難しい。なんとなく通れるところかな、という程度のものだ。だから早くもすごい揺れかたである。クルマの中に乗っている者はこの激しい前後左右垂直上下ナナメタテヨコの揺れに耐えていかなければならない。洗濯機の中に入ったらこんなものかと思うくらいのめちゃくちゃ攪拌《かくはん》状態である。おれはいま洗濯機の中のパンツみたいなものだ、とややヤケクソふうに思う。しかしヤケクソとよくいうが、この正確な語源はなんなのだろうか。焼糞《やけくそ》でいいのだろうか。いま素早く広辞苑《こうじえん》を見たらこの文字になっていた。意味は「やけ――を強めていう語。自暴自棄」となっている。それがどうして糞を焼くことにつながるのかそこのところがわからない。シートベルトをしていないと頭が天井や窓にぶつかる。胃や腸があまりに激しく揺さぶられるからなのか焼糞ではなく生糞をしたくなってくる。しかし生糞とはどうも汚い語感だなあ。焼糞などという文字が出てくるからいけないのだ。

突然の通せんぼであった。ちょっとヨコに回りこんでいけば簡単に突破できるが、この〝通せん棒〟のむこうには〝国家の力〟がでんとよこたわっていて……

などとどうしようもないことを震動する原始脳で考えているうちに昼になった。朝食ったものが激しい揺れで全部腹の下部に落ちていっちまったので胃がからっぽなのだ。

十二時二十分。感度良好のマツムラから「これより昼食。感度良好……」という連絡が入った。

食糧はすべて中国側が用意してくれる。各グループ単位で昼食の配給があった。缶詰とパンである。

水は毎朝一人二リットルずつ支給される。この一日二リットルの水は各個人の計画と管理と責任において自由である。すなわち一日ごとに二リットルの摂取分量のバランスをうまく考え、つつましい生活設計をたて水分使用家計簿ノートをこまめに書き、チビチビのんでできるだけ一日の使用量を少なくして備蓄にはげみ、この砂漠の旅のせめてそのあたりを余裕にみちたものにする——という個人的方針をたてるのもよし。ああああづいあづいぐるじいぐるじいの濁音語法のヒトとなり、エーイもうやけくそだあと叫びつついちどきに二リットル全部頭にかけてしまってあとは次の支給まで渇きにヒハヒハ化する、というのもひとつの方針である。どっちにしても追加はなし。乾燥して暑い砂漠の旅に二リットルの水などごくわずかな分量である。ふいに焼石に水という言葉が出てきた。糞を焼くより石の方がくささそうでなくていい。

昼の直射日光はすさまじいから、みんな自動車の陰に入って支給されたものをひらいている。この昼食を囲むときの気分というのはいいものだが、いちめんの草原に川のせせらぎがきこえ、小鳥があちこちで鳴いているポプラの木の下で、美しい娘とひろげるランチバスケット、という状態とくらべると目下のこれは随分ちがう。

緑というものはまったくない見わたすかぎりの褐色の世界、肌に突きさすようなむきだし太陽のコノヤロ光線の下、地面を転がるような突風がときおりやってくる。早くも土埃《つちぼこり》まみれになった無精髭《ぶしょうひげ》の男が、埃で赤目化した空腹視線をギトギト光らせてもどかしくしみだらけの新聞紙（人民日報）の包みをあける。

中国の缶詰のでかいのにおどろいた。軍隊用のものらしい。直径二十センチはあって、缶詰というより小ナベに近い。八宝菜ふうの煮もの、ランチョンミート、大豆と肉の煮もの、小魚の煮もの、みかんの五種類である。でかい缶詰だからその中身を示すラベルの絵もじつに金鶏飯店中華第一楼的豪華さで、赤目の車座男たちの心を激しくふるわせるのであった。

まず一番うまそうな八宝菜をあけた。缶詰であるから、ラベルにある皿に盛った絵と現物のべしゃっと押しつぶされた実物中身とは随分イメージのへだたりはあるけれどそれはまあ当然のことだ。

各自すばやく自分のフォークをそこに突きさし口に運んだ。

期待にみちた元気のいい咀嚼《そしゃく》。低い頭上を「ごう」と風が吹きすぎていく。一同静かな沈黙。通常だとここで誰かれとなく「うーん」とか「いやはや」とか「なかなかなかなか」とかストレートに「うまい」とか、ヒトはいろいろなことを言うものだが、なぜか全員黙ったままだ。時おり顔を見あわせる。細っこい原とギプスの永島がややレレレ化した顔をしている。どうも早い話、味が思っていたものと随分ちがうのだ。八宝菜の味というよりもなんだかカナモノの味がする。

おかしい……？　というので次に肉の缶をあけてみた。しかしこれもビーフと何かの混合肉のようではあるが、その肉味よりはさっきのカナモノの味の方がつよい。

間もなく判明してきたのだが、どうもこの中国製のデカ缶詰は製法上に問題があるのか、あるいはとてつもなく古いものを持ってきたのか――たぶんその両方だろうと思うのだが、缶詰の内側の金属「錫《すず》」が中にずいぶん溶け込んでいるようなのである。

しかし、だからといって「まずいから別のやつ」というような状況ではない。黙って食っていくことにした。間もなく、この金属味は、缶の真ん中が薄く、外側にむかって徐々に濃くなっている、という法則がわかってきた。まあそれはそうだろう。缶の錫が溶けてしみ込んでいくのだから内容物の外側がもっともその影響を受け、じわじわと中心部に向っている、という理屈である。

かくしてそれからの我々の中国缶詰の食い方は、まず缶詰の真ん中のあたりを重点的に狙《ねら》っていく、という「傾向と対策」が素早く確立された。通常だと缶詰などというものはどちらかの端から徐々に秩序正しく切削されその摂取空間を広げ、やがて中央部へと進出していくものであるが、ここではまず中央部へのピンポイント攻撃。そこを拠点として怖《おそ》る怖る周辺部へほぼ均等にその進攻範囲を広げていく、という方法がとられるのである。そうしている間にも地表を走る突風がいきなりどわーっと襲ってくる。缶詰の上にかなりの砂埃がふりかかっていくが、錫の味にくらべたら砂の方が無味無臭なぶんだけうまいかもしれない、などと思う。

パンは小ぶりのアンパンのような形をしたもので、一見するとこれも実にうまそうだ。持つとずしりと重く存在感にみちている。しかし持ったとたんにこのパンは実にあからさまにタダモノではない、ということがわかる。ずしりと重いということは密度が濃い

巨大な中国製の缶詰はどれもカナケ（金気）味つきでじつはとても激しくまずい！のだった

ということであるが、三カ月の保存食であるというから、これはその濃い中身の奥までとことん乾燥していて、パンというよりは練り小麦粉の石化状塊まりである。

　したがって齧《かじ》って何がどうなる、というシロモノではない。下手に頬張ったら確実に歯が折れる。なにしろ人にぶつけたら怪《け》我《が》をしそうなくらいなのだ。

　さあどうする？　という新たなテーマに直面した。誰からともなくはじめたのは叩《たた》きつぶし作戦である。石の上にのせ、ナイフの柄などでこれを叩く。漸《ようや》く少し亀裂《きれつ》が入る。そこを先途とさらに力を込めてこれを徐々に粉砕。飛び散った破片をようやく嚙《か》む。粉砕したカケラがクサビ形になっていたりしたら注意する必要がある。くちびるや口の中を切る危険性があるからだ。

楽しい筈《はず》の昼食はどうも戦場のようになってきた。貴重な水でこれらの破片を柔らかくして流しこむ。

聞けば、これから先、昼食は毎日すべてこれだけであるという。

「おれ昼めしはいつも麺《めん》類ときめていたからこれまで麺類一筋で二十数年やってきたんだ。まあ砂漠にきて昼食に麺が出るとはまったく思っていなかったからまあいいんだコレで……」

「思えば成田でカレーライス食っていこうかな、とフト思ったんだオレ。でも飛行機に乗れば機内食出るからそれが食えなくなるのもくやしいからと思ってやめたんだけど、でもいま思えばやっぱり食っといたほうがよかったなカレー」

諦《あきら》めともぐちともつかないものが我々の口の端に出る。まだ旅ははじまったばかりだ。カレーがなんだ、ラーメンがなんだ！　と思うものの、おれも出発する前日新宿で仲間たちと酒をのみ、帰りに「石の家」のヤキソバを食おうかということになったのを「明日早いから……」などと言って通りかかったタクシーに乗ってしまったのがくやしくてならない。あのヤキソバは切りゴマとラー油をかけて食うとうまいのだ。

突発的地這《ちは》い風は午後になると一段と強くなってきた。再び洗濯機の中のパンツ状態となってもうモノを考えるのも面倒くさくなってきた頃、左手遠くに白い雪をいただいた遥《はる》かなる山脈が見えてきた。

アルチン山脈である。この巨大な山脈はチベット自治区北部と新疆《しんきょう》ウイグル自治区南部の境界をうねって横たわるあの名高い崑崙《こんろん》山脈の支脈にあたる。

「おおあれが崑崙か！」

この時、素早く深い感慨が走った。ヘディンの探検記以降西域に関する様々な文献を集め読んだ。その中には小説もあった。井上靖《やすし》氏の小説にこの崑崙はしばしば登場した。井上靖氏は一番尊敬していた作家だった。一九八五年にシベリアの夏の旅に同行し、そこで沢山の話を伺った。自宅にも何度も招かれ、そこで西域の話をじかに聞いた。今度の楼蘭の旅は井上靖氏が最も行きたかったところであると、氏の書斎での酒の席で何度か伺った。

その、井上文学の中でなじみの崑崙がはるか地平の先に見えた。重畳のつらなりである。気持がいっぺんに高揚したのが自分でわかった。

その日の野営地は大紅山《たいこうさん》というところだった。山といっても、山と山にはさまれた砂《さ》礫《れき》地帯で標高は二千メートル。風がさらに強くなり、何か怒ってでもいるようなうなりをあげて大地をころがっていく。

テントをたてる。中国解放軍が使っていた大型のもので、一張に二十人ぐらいが睡《ねむ》れる。これが四張。風が強いので建てるのがけっこう大変である。

おれは日頃愛用の一人用テントを持ってきた。ゴアテックスの密閉型で、これは埃だらけの旅になるであろうから、事前にいろいろ研究して決めた。しかし砂礫の大地はこのような一人用テントのちゃちなペグではとても中に入っていかず、風の中に固定できない。

そこで漸く張り終った大テントの風下に寄りそうようにしてわがチビテントを張り、大テント用の土木工事級の固定杭《くい》に四隅の紐《ひも》を縛りつけた。完全なコバンザメテントである。出発前に少し迷ったのだが、これまでの似たような世界の旅の経験を思ってそうすることに決めたのだ。しかしこのテントを持ってきたのは大成功であった。

夕食は中国人のテントの中の大鍋《おおなべ》で作られた。おかゆと野菜煮である。野菜煮といっても、あの例の錫味缶詰を水で煮たものだ。軍隊式だから自分の食器を持ってとにかく早く並びとにかく早く貰《もら》ってとにかく早く食ってしまうという全面的な早く早く型の夕食である。食器は各自管理で洗う水はないから砂でごしごしやる。それだけでけっこう食器は美しく磨かれる。

めしを食ってしまうととくにやることは何もなくなってしまった。中国人の誰かがラジオをつけたが何も入らない。このあたりの砂礫の谷に生きているものはとりあえず我々と羊ぐらいのものらしい。時おり聞こえる羊の鳴き声は我々の食糧用の羊だ。

冷蔵庫もなにもないこういう旅で新鮮な動物の肉をたべるには生きた羊を連れてくる

大紅山キャンプは風が強く、テント張りがひと苦労であった。十人がかりでコノヤロコノヤロといいつつ、おさえつけるようにして強引に張っていく

この一人用テントはフクロ状に閉じられるので、風でホコリが舞いあがらず、ほっとひと息つける強い味方であった

のが一番話が早い。生きているから自分で歩ける。食物が自分で歩いてくるのだ。なんだか申しわけないような気分になるが、この手の旅はそれが現実なのだ。

夜になると風はさらにすさまじいうなりをあげた。解放軍のテントは屋根と壁だけで下は砂がムキダシである。風が吹き込んでくるとその砂がテントの中を舞う。大テントの中に睡る多くの隊員の皆さんには申しわけなかったが、その点コバンザメテントはチャックを閉めるとフクロ状になってしまうので、埃対策にはまことに快適であった。

夜、小便をしたくなって外に出た。夜半になって漸く風は少し収ってきたようだった。ヘッドランプを頭につけてのそのそ外に出る。睡るときまで吹きまくっていた風がすっかり止まっている。そのかわり霧が出てきたようだった。吐く息も白い。しかしそれにしてもおそろしく白くて夢のような霧だ。強風のあとに霧というのもまことにおかしな気候だな、と思った。小便をするときに何気なしにヘッドランプを消すと、おかしなことに霧がいきなり消えてしまった。あたりはただのありきたりの夜の闇《やみ》がひろがっている。

「ん？」

もう一度ヘッドランプをつけるとやっぱり霧が出ている。パチリパチリと何度か同じことをくりかえした。霧が出たり消えたり。そんなバカな霧があるものか。

いろいろ研究検討すると、霧ではない、ということがわかった。

深い霧が出ているると思ったのは、ヘッドランプの光が白い筒状になって長くのびていたからである。霧のときは光は必ずそうなる。やがてわかってきた。このあたりには超濃密な白い埃が舞っているのだ。その埃にヘッドランプの光が反射して霧のように見えたのだ。パウダーのような砂埃なのだ。

夜の海を潜ったときに水中ライトに反射して沢山のプランクトンが光る。マリンスノーと呼ばれているものだが、このあたりの砂埃はそれより濃密に〝白い空気〟のようになってあたりをとりまいているのだ。当然自分のすぐ周りもこの白い埃空気がとりまいているのだろう、この埃空気に遮断されているらしく、星はあまり見えない。

竜神水雷爆烈咆哮阿《ほうこうあ》鼻叫喚《びきょうかん》音――とでもいうのだろうか。突然のことなのでよくわからないが、とにかく突如としてものすごい音で眼が覚めた。一瞬自分がどこにいるのかわからない。ここは新宿か心斎橋かはては横浜中華街か……。こすってあけた目のまわりは薄暗い。テントの黄色い天井が見えて寝袋の中の自分に気がつき、しだいに本来の居場所がわかってきた。しかしそれにしてもこのけたたましさは何だ！

中国の音楽があたりを激しいイキオイで飛び回っている。自動車のカーステレオのボリュームをいっぱいにして中国演歌のようなものが流れている。このスピーカーに携帯トランジスタメガホンをいくつもくっつけてさらに増幅させているようだ。

どうやらこれが中国式モーニングコールらしい。それにしても中国の歌というのはカン高い声をやたらにくねくねさせるのが多いから朝方からこれを聞くと相当に頭の中と全身が困惑する。砂漠の朝というのはかくも騒々しいものなのか。以来この日から毎朝このヒステリックフルパワー鼓膜《こまく》ぶっちゃきスタイルで起されることになった。砂漠の朝というのはもう少し静謐《せいひつ》にして荘重、厳粛にして清楚《せいそ》にさわやかなものかと思ったのだがとんでもない。せめて爆竹が鳴らされないだけよかったと思わねばならないようだった。

また風が吹いていた。昨日ほど強くないが、しかし地表を鋭く這っていく強い意志のこもったあの風である。支給された水がまだ少し残っていたのでそれで歯をすすぎ、片手のくぼみにこぼした水で猫のように顔を洗う。空気が乾燥し、気温もおそらく七、八度といったところだろうからそれだけでもけっこうすっきりする。

テントをまん中にぐるりとそれを囲むようにして薄闇の中に人間のシルエットが見える。立ち姿ではなくみなしゃがんでいるのでそれが何であるのかすぐにわかった。

朝の糞《くそ》である。このあたりとにかく見わたすかぎり草木の一本もない平らな荒地なので、どこかで身を隠して何をどうする、ということもできない。そこで隊員たちはテントを中心に五十メートルぐらいのところまで歩いていってなんとなく等間隔に座り、朝のスケジュールをこなしているのだ。

さておれはどの方向で勝負しようか、とぼんやりそのあたりを眺めていると、突然すばしこい早さで白い野ウサギが走っていくのを見た。

「あっ野ウサギがいる！」

思わずその驚きを口に出してしまった。生き物など何ひとついないと思ったところである。誰かにそのことを知らせなくては、と思っていると、また別の野ウサギが走った。今度はさらに驚くべきことにピンクの野ウサギである。しかし、よく見るとどうも野ウサギにしてはその突っ走り方があまりにも素早すぎる。まるで地表をとんでいるようだ。それにいかに西域といってもピンクの野ウサギがいるとは思えない。間もなく、それが野ウサギなどではなく、風に吹かれてとんでいくトイレットペーパーのかたまりであるらしい、とわかった。そのどれもが西から東へ、素晴しい早さで飛んでいく。おれはどうせならと思って太陽の昇ってくる東の方向へ行ってひと勝負した。風が強いので糞の上の紙はすぐ野ウサギと化してとんでいく。むきだしの生糞にやがて朝陽があたり黄金の朝焼糞となるのである。

慌《あわただ》しい朝食がすむとすぐに出発の準備である。テントをたたみ荷物をまとめ各自の自動車のルーフに積み上げる。ヘディンやスタインの頃の探検隊や、シルクロードを旅した商人たちの朝の出発準備といったら、あちこちで鳴く鳥やラクダの声や、男たちの鋭い声がにぎやかにとびかっていたことだろう。

現代の自動車部隊は4WDの重いエンジンのとどろきがあたりに力強く広がり、ハンディトーキーの連絡が激しくとびかい、あちこち忙しく走り回る男たちの靴音や怒号が激しく重なって、昔とはまた違った活気がある。しかし全体にそれは西域奥地を目ざす探検隊というよりも、工事現場に急ぐダンプカー隊といった気配の方が濃厚でもあった。

精霊の囁《ささや》き

Vの字峡谷ヘッドバット通過
比意留《びいる》比意留《びいる》と精霊の囁き
洟《はな》味風味の砂埃《すなぼこり》おかゆ
蒼月《そうげつ》に赤剝《む》け野兎《のうさぎ》

瓦礫《がれき》Vの字峡谷を進む。左右に嶮《けわ》しい岩谷が迫り、いたるところに巨大な石が転がっている。谷から崩れ落ち、さらに鉄砲水がそれを転がしたらしい。こんな乾いた高地に鉄砲水が出るのは意外だったが、何年かに一度といった割合でものすごい豪雨が短時間に降り、そうなると峡谷はたちまち阿《あ》鼻叫喚《びきょうかん》の濁流となり、鉄砲水やら大砲水やらミサイル水などいろんなのを出してくるらしい。

落石も多いようだ。ましてや普段静かな峡谷にいきなり自動車隊がどかどか入ってきたのだ。V字峡谷にエンジン音が増幅して崩れ岩たちをにわかにヤル気にさせたりしたらまずい。

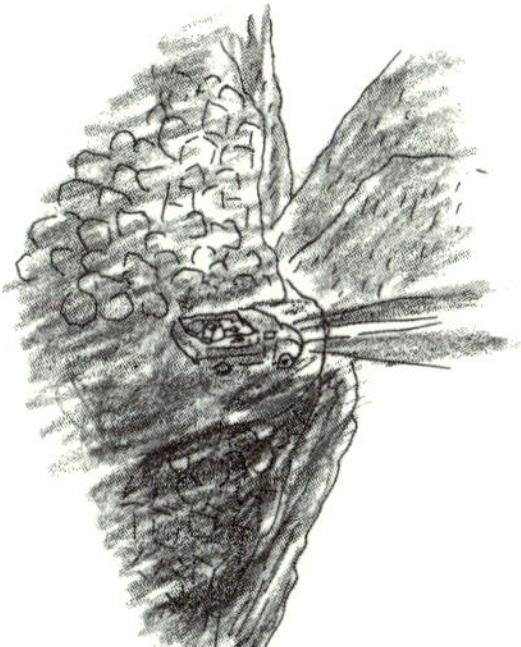

「わしらが通過するまでじっとしてるんだからね」と谷の上の狭い空を眺めながらお願いしつつ通過。川床を走っていくようなものだから相変らず乗りごこちは洗濯機の中のパンツ状態で、とくにこのルートは横揺れが凄《すご》い。助手席に座っているおれはひっきりなしに頭が窓のガラスにぶちあたり、サイドヘッドバットの練習になる。がしかし砂漠でそんなもの練習してたってしようがない。

三時間ほどの間に側頭部を五万七千回ぐらいがしがしぶつけていると感度良好のマツムラの定期通信が入ってきた。「感度震動ともに良好あーあーあーのがしがしがし」発信車も上下左右前後垂直波動激震のさなかにあるのがよくつたわってくる。「我々はすでにアルチン山脈の二千七百メートルあたりに入ってきている」轡田隊長車からの通信である。なるほど休憩のたびに外に出ると風が冷たくなっているのがわかる。そのぶん太陽の光が強くなっている。小便をしてまた六千八百九十二回サイドヘッドバットの練習に入っていると「あーこちら三号車感度良好……」と再びマツムラ電波が入った。

「前方にラクダの死骸《しがい》発見！　こちら感度良好……」

隊列が止まったので、ガイコツラクダを見に行った。文字通り骨と皮だけになっていて、頭はシャレコウベむきだし。口が「ラクダだかんな」といって笑っている。ラクダの骨をはじめて見たが、板バネのように頑丈で重く、骨と皮だけになっていても人間一人の力では重くて地上から持ちあげることすらできない。このあたり野生のラクダは生

ラクダの白骨死体が風にさらされていた。アバラ骨が板バネのように頑丈で重い

きられない、というからその昔の隊商からはぐれたラクダなのか。

「ラクダはなんにもいわないけれどラクダの気持はよくわかる……」どうわかったのか知らないが細っこい原がつぶやくようにして言った。朝からずっとひたすら全身攪《かく》拌《はん》状態で走っているのでうっかりすると舌を嚙《か》み、クルマの中であまり話もできないでいた。しかしかといってこの狭い谷の道では話題もとくにない。

標高三千四百メートルの地点で昼食になった。この数値は自然地理を専門とする奈良女子大相馬秀広助教授が持参の高度計温度計で測り、全車輛《しゃりょう》に無線で知らせてくれる。温度は十三度。今朝など風は強くなくまずは快適のうちだ。しかし食べるものはあの例の超堅パンと錫《すず》味缶詰である。小高い岩の上に座ってそれを食べた。視界のすべては草木のまったくない灰色の岩のつらなりであった。『西遊記』に出てくる怪物がいつどの方向からあらわれてもなんら不思議はないような風景だ。

時おり風がひとかたまりになって、「ひゅるるるる」と岩山の上をくねるように突っ走ってくる。その風こそがこのあたりの固い砂漠の唯一《ゆいいつ》の生き物のようなかんじさえする。昼の休憩は三十分あったから、岩の上に寝そべって時おり通過していく風に吹かれていると、ついうとうとしてくるのだが、そのまま睡《ねむ》ってしまうには若干の勇気がいる。目が覚めたら怪奇岩山幻獣のめくらましの術に遇ってただ一人ここに取り残されてしまっている、というようなことは、まずないだろうけれどしかし「絶対にない！」ともいえないからだ。別な自分がクルマに乗って頭をガラスにがしがし打ちつけつつ遠く去り、本当の自分がここに取り残されて「かえせもどせ！」などと血ケムリ絶叫をくりかえし、やがて四千五百年かけて静かにおのれも岩山幻獣と化してそこらをうろついている、ということだって絶対ないとはかぎらない。よって安易なイネムリというのはちょっと用心したほうがよいのだ。

もともと砂漠というところはどうも絶対に怪しいナニモノカが潜んでいていろんなことをするものなのだ。とくにあやしい風の音がまっ先に怪しくやってくる。

玄奘《げんじよう》三蔵は『大唐西域記』の中で、

「風起レバ則《すなわ》チ人畜惛迷《こんめい》、因《よ》ッテ以《もっ》テ病ヲ成ス。時ニ歌嘯《かしょう》（歌声）ヲ聞キ、或《あるい》ハ号哭《ごうこく》ヲ聞ク。（中略）蓋《けだ》シ鬼魅（悪霊）ノ致ス所ナリ」

とそのおそれを書いているし、一二七二年頃にシルクロードの砂漠を通ったマルコ・ポーロも『東方見聞録』の中でこう記している。

「多数の精霊が仲間のような声で話しかけてきたり、時には彼の名前を呼んだりする。すると旅人は往々これに惑わされてあらぬ方向に誘い込まれ二度と姿を見せなくなってしまう」

しかし、朝からずっと洗濯機の中のパンツ状態になっていたものだから、岩山の上のひゅるひゅる風に吹かれているとどうもあまりにここちいい。遠くの空をゆったり流れていく雲が生ビールのジョッキの泡にも見える。こんなに乾いたところでぐいとイッパイやったらさぞかしうまくてたまるまい。

「ああ、ビールさん……」

思わずつぶやいてしまった。

この砂漠の旅に出発前から覚悟してきたのは「ビール断ち」であった。わが人生の中でもっとも大きなテーマをもって行きたい場所が、目ざす楼蘭であったから、その旅のためにビールの一カ月断ちなどなんのことがあろう。本数にして、まあ一晩平均して大瓶三本ぐらい呑《の》んでいたから月にして九十本である。いや時おりバカ飲みするからざっときりよく百本だ。つまり八ダースとちょっと。一生のうちのただの八ダースの我慢である。うーんしかし八ダースか！　そう考えるとなかなか迫力のある量であるな。そのうちのせめて四分の一ダース、つまりまあ大瓶の三本もいまここにあったら……などと結局のところはどうもやっぱりはなはだだらしがない。頭のうしろで風がまたひゅるひゅるとんでどうも何かしきりに比意留《びいる》比意留《びいる》と囁いているような気がする。「やすいよやすいよ生比意留。千八百円で呑みほうだい……」などとダミ声の精霊が囁いている。と思ったらフトメの安田が「そろそろ出発ですぜ」と新宿西口ヨドバシカメラふうの声を出していた。

拉《ラ》配泉《ハイセン》というところがその日のキャンプ地であった。標高三千七十メートル。難しい地名はついているが相変らず山と山の間の砂と小石しかないむきだしの荒地で、そこをむきだしの風がうなりをあげて吹きころがっていく。

あっちこっちでそんな風がヨコ回転からタテ回転になろうとしては失敗してそれよりもっと強い風にまた流されていく。タテ回転になると小さなタツマキ状の風になる。竜巻の赤ちゃんが立派な大人の竜巻になるための練習をしているようにも見える。

しかしいつまでもそんなのを眺めているわけにはいかなかった。風が強いのでわがコバンザメテントを大テントと大テントの間に張る。しかしその大テントが風で吹きとび

暗緑色の中国製外套とマスクをつけた日本隊員。これがもっともポピュラーな砂漠用の第一基本正装なのであった

そうになっていた。大テントが飛ばされるとわがチビテントも一緒にくっついて飛んでいってしまうのだからあわてて大テントの補強作業に加わった。コバンザメテントのつらいところだ。

　夜になるとぐっと気温が下ってくるらしい。この日、中国隊から日本隊全員に外套《がいとう》が支給された。暗緑色のぶ厚いドテラふうで着ると当然ずしりと重い。こいつを着て衿《えり》などたてると気分は完全に人民解放軍そのものになる。日本隊はみんなそう思ったらしく、同じような恰好《かっこう》をして風の中をうろうろしている。うろうろの一団は同じく中国隊から支給された中国式アウトドア食器（巨大なホーロー製把手《とって》つきうつわ＝花柄模様）を持ってうろうろと食事テントの前に集まり行列をつくった。探検隊というよりどうも難民隊という気配の方がつよい。

砂埃の中で直径一メートル大の巨大ナベによるおかゆが作られている。夕食はつまりおかゆだけらしい。おかゆのみ。難民隊というより病みあがり隊という気配も強くなってきた。しかも我々の隊のコックはとくにおかゆに味というものはつけない主義らしい。たえずあたりを舞う砂埃が砂の基礎味をつくる。コックは四人いて、巨大ナベを囲んでそれぞれ手にした巨大柄杓《ひしゃく》でたえずかきまわしている。中国人はそうしながらもたえずよく喋《しゃべ》っているから、この四人のツバも砂埃とともにすでに相当混入しているようだ。まあ味つけといったらそれがビミョーな味つけになるのであろうか。

しかもかれらはあつい湯気に顔をさらされているからなのか、ひっきりなしに手洟《てばな》をかむ。手洟は巨大ナベの右や左にトバされるが、時にはナベの中にも落下しているかもしれない。いや、薄暗いこの状況からみて絶対一発や二発はナベの中に落ちている可能性の方がつよい。それがさらにするどいカクシ味になっているのだろう。

このおかゆを受けとるときに、おどろくべき発表があった。

中国隊の楊志強隊長がやってきて「本夕食より毎日缶ビールを一人一缶ずつ配給する」ということを告げたのである。楊志強はなんとなくそのドロボー髭《ひげ》などが、明治製菓の「それにつけてもおやつはカール」のカールおじさんによく似ている。その夜ほどカールおじさんがウツクシク見えたことはなかった。砂漠の精霊の囁きではなく、まさしく本当に目の前でビールがくばられているのである。

「酒泉啤酒」。中国語でビールはピーチュウと発音する。中国はもともと地ビールの国。全国をブランド競争で制覇したりする資本主義的競争の必要などない国であるから土地によっていろんなビールがつくられる。酒泉は河西回廊の途中の古い町で紀元前二世紀、漢の武帝の時代に開かれた由緒《ゆいしょ》正しい土地のビールなのである。

「ははー」と思わぬ天賜《てんし》をおしいただくようにして酒泉啤酒を一缶しっかりと解放軍コ

一人、一日一缶配給の缶ビール。誰も残さずきっちりのみほしてしまうのが残念だった

ートのフトコロに入れた。思いもかけぬ突如的逆転技がくりだされたのだ。にわかに動《どう》悸《き》がし、ハアハアと息が荒くなった。

外はまたいちだんと冷えてきていた。しかし空気が乾燥しているからビールはしみじみうまい。ゆっくり味わってのんだ。しかしそれにつけても一缶だけというのはもの足りない。日本人の集っているところにじわじわ接近した。味の気配のないおかゆを前にして田川副隊長が「ここに海苔《のり》のつくだ煮とかシバ漬とか何かそういうものがあるとうれしいんだけどねえ……」とつぶやいているのがきこえる。田川さんのかたわらにまだ口のあいていないビールがころがっていた。

「そうだ。そうなのだ！」

すぐにわがコバンザメテントに行った。ひそかに隠し持ってきたポリタンク入りの醬《しょう》油《ゆ》の早くもその出番がやってきたのだ。辺境への長い旅の単調な食生活にこの醬油がもっとも強い味方になる、ということをおれはかつての幾多の同じような旅で体験的によく知っていた。

しかし現地に入ってきてわかったのだが日本人探検隊はショーユを持ってきていない。なんという無謀な食料プランなのであろうか。この旅はまだはじまったばかりでこのタカラモノをひっぱり出すのはちょっと早すぎたが、しかしモノゴトには勝負時というものがある。

「よかったらどうですか？」

と、おれはキャッチバーのあやしげな親父《おやじ》のごとくぎらんと目を光らせながらくねくね声で言った。

「おお、そ、そ、それはショーユであるではないではないですか!!」

田川さんとその周辺の男たちは驚きのあまり二メートルほどとびのいた。コトバがコーフンしてだらしなく乱れている。

「しょうですしょうです。しょうゆです」

こっちも秘《ひそ》かなたくらみがあるから声が上ずっている。

「コレ、使ってもいいですよ」

「いいんですかあ!?」

「ええ、いいですよ」

鷹揚《おうよう》にそう言いつつ、チロリと田川さんのかたわらの缶ビールに目を移した。田川さんの隣の男が「すこしタラしてもいいですかあ」と言って素早く手をのばしてきた。その人はもうあらかたビールをのんでしまっている。

「うん。しかしでもあんたはちょっとだけよ」

少々つめたくそう言った。

「でも田川さんはもっとタラしてもいいですからね」

そう言いつつまたチロリと田川さんのかたわらのビールに流し目を送った。

そのあたりでさすがに田川さんもわかったようであった。

「よかったらこれ飲みませんか。ぼくはあまりのまないから……」

そう言って缶ビールを渡してよこした。

「あ、いいんですか。ホントにいいんですか！　すいませんねえ。うれしいなあ。田川さん明日もまたお醬油つかってもいいですからね」

素早く缶ビールのプルトップを引っぱりつつそう言った。

「有難いなあ。じゃあぼくもまたいいですか？」

田川さんの隣の男が言った。

「そうねえ、でもあんたはホントにちょっとだけよ」


曇天。地鳴りをともなうような風の中を、次の幕営地にむけて出発した。広い瓦礫《がれき》地帯はやがて湿り気をおびた砂の大地に変り、約二キロの長さになって進む自動車隊の捲《ま》きあげる砂埃《すなぼこり》は濃厚な茶色の渦となってそれぞれの車の後部にまとわりついた。砂塵《さじん》はすぐ前方を行く自動車をそっくり覆《おお》い隠すほど濃密な渦になり、それはたえず横から吹きつける風にたちまち長い砂の帯をつくった。自動車と同時に前方に移動していく長さ百メートル以上もあろうかという回転する砂の帯である。いくつもの竜巻がころがっていくようにも見える。

どこかで同じような光景を見ていたぞ、と思った。記憶はすぐに甦《よみがえ》った。マイナス五十度ほどのヤクーツク・ネリュングリ街道をトラックで旅行していた時の光景とそっくり同じだ。

マイナス五十度の極低温地をクルマが走ると、排気ガスが排気管を出たとたんに凍って白煙になる。この白煙は濃密な雲のようにトラックの後部にたえずまとわりつき、風にいくらか流されながらも次々に排出されていくのでずっとトラックの下部にまとわりついたまま移動していく。まるで觔斗雲《きんとうん》の孫悟空みたいに地表すれすれの雲に乗って走っていくようで、見ていて面白かった。色は茶色と白と大きく異るがその光景とじつによく似ていた。どちらにしてもタダナラヌ超常的風景だ。

山脈は急速にせばまってきていた。雲が降りてきてどんどん天井が低くなっていくかんじである。拉配泉から百三十キロほど進んだあたりでいきなり流れる水に出会った。こういう山岳高地で川に出会うのはなんだか実に気分的に嬉《うれ》しい。数センチの浅い流れだが、水面が大気に触れて光るさまが美しく、長大な自動車隊はこの浅い流れの走る谷底をうねうねと進んでいく。やがて流れの左右のところどころに葦《あし》の群生が見えてきた。長さ三十～四十センチの立派な葦だ。塩分に強い植物だからこういう環境でも元気にその緑の群生帯をひろげているのだろう。相馬助教授が「おそらく二、三万年前からのものだろう」と無線解説してくれた。

時おり先頭車が進むべきルートの確認のために停止する。自動車の長い行列がストップ。このルートは数時間前に我々の先発隊が行っており、本隊はその先発隊の轍《わだち》を頼りに進んでいるのだ。

正午に標高三千五百メートル地点に着いた。気温九度。外気がここちいい。

午後四時すこし前にバシクルガンの野営地に着いた。川が流れている。川は少々塩の味がしたが冷たくてうまい。

そこに来るまでずっと厚い雲に覆われていたのだが、何時《いつ》の間にか雲は高い上空をまばらに走り、もうかなり傾いてはいたが、その雲間から鋭い夕方の陽光がさし込みはじめていた。川面《かわも》が斜光に躍って輝いている。

中国隊員らは流れの中に車を入れてただちに洗いはじめている。今日一日の埃走行でフロントガラス以外はすべて褐色のクルマに変色していた。

今日は風は吹き荒れそうもないのでわがチビテントをはじめて独立させて河原に設営した。川のせせらぎが聞こえたりするところだとまことに素晴しいのだが、せせらぎの音を発するまでの流れはなかった。

まだ夕食まで間があるので、フトメの安田と細っこい原と近くを歩いてみることにした。葦の密生した河原のむこうに、こんなところに?!　と思うような土づくりの家ら

草木がまったくないアルチン山脈を進む。山の間のどこからか孫悟空が出てきそうだった

自動車隊の捲きあげる砂埃はそれぞれ地面をころがるタツマキのようになってつらなっていく

しきものがあるのを見つけたからだ。

そこへ行くにはまた小さな川を渡らねばならなかった。どっちにしても水があるというのはなんだか心の底が落ちつく。

土の家は近付いてみると頑丈なもので、しかも驚いたことにかすかに青白い煙らしきものがたちのぼっている。

「ついに妖怪《ようかい》か……」

安田、原とともに若干緊張してさらに接近していった。半ば朽ちはてた倉庫のようなものがあって、その暗い入口からたしかに煙がうっすらたちのぼっている。中をのぞくと驚いたことに、そこにはヒトがいた。男が二人。なんとなく悲しげな顔つきをして、一人は何かの動物の皮を剝《は》いでいるようだった。もう一人は薄暗い奥の方に座っている。壁に面したへっついのようなものがあり、そこでしきりに何か粉のようなものをこね回していた。

「ニーハオ（コンニチハ）」と挨拶《あいさつ》をする。何か獣の皮を剝いでいる男が煤《すす》けた顔でニッと笑った。それから何事か喋ったが我々にはわからない。男が小刀で毟《むし》っているのは野《の》兎《うさぎ》であった。兎の肉はあざやかな赤だ。男のかたわらに二百羽はくだらないと思われる兎の骨が山になっていた。

奥の方の男のやっている仕事はなんと手うち麵《めん》づくりであった。こんなとんでもない荒地の奥にどうしてヒトが住んでいるのか不思議だったので、いろいろ身ぶり手ぶりで聞いてみると、どうもその二人は電線保安員のようであった。そこには電線はないが、クルマで一日ほど行ったところに電線の通っているところがあるらしい。

中国には「養路人《ヤンルーレン》」という道路を修理して何百キロも野宿しながら移動している人々がいると聞いていたが、そのような仕事をしているのだろう。

野兎の皮をむしると見事に赤い肉だ。ウドンにまぜてくう。砂漠名物ウサギウドンである

かれらは我々自動車隊がやってきたのを知らないようであった。あとで我々のキャンプにやってくると言った。

キャンプ地に戻ると我が部隊も、堅い土の川岸壁を利用して天然の「へっつい」をこしらえ、そこでいつもの直径一メートルナベで羊ウドンを作っていた。生きたまま連れてきている羊が一匹我々のために屠《ほふ》られたようである。我らが部隊のコックも野兎をつかまえ、それを解体していた。野兎は葦の中の簡単なワナで獲《と》れてしまうらしい。今日もビールが一缶ずつ配給されるだろうから、この野兎の足の一本でもツマミに回ってきたらシアワセである。

日本隊の轡田隆史隊長がやってきて「今日は旧暦八月十五日。中国の中秋節なのでゴチソーのようですよ」とおだやかな口調で言った。いつも落ちついた中々頼りがいのある隊長である。

なるほどその日はなんと各自に一袋ずつレトルトカレーがくばられた。羊ウドン、野兎の煮こみ、それに「白雲啤酒」の一本つき。いまだかつてない豪華な献立である。

おれはまたあざとく田川副隊長の姿を捜した。しかし今日のメニューはあまり醤油の効果を必要としない。うーむ困ったなあと思いつつも流し目をして田川副隊長のそばに接近していくと、気持悪がってすぐにピーチュウを一本渡してくれた。そうか手っとり早いこの手があるのだ。

みなで車座になってそれらのゴチソーを食う。そのあたりは草がはえていて適当な尻《しり》のクッションになるのだが、その草はアカザといって赤い汁が出るのであとでみんな尻がまっ赤になりサルの探検隊のようになってしまった。

夜、素晴しいことに月が出た。当然満月である。いつの間にか大きな焚火《たきび》がつくられていて、食事を終った人々が火を囲んでいる。轡田隊長、早稲田《わせだ》大学の長澤和俊教授ら十数人の日本隊の末端にへばりついて、燃えさかる火と頭上の月を眺めた。

「綿竹大麯《たいきょく》」というおそろしく強い中国パイチューの回しのみがはじまった。喉《のど》が焼けそうに強い。

「いやあ、うまい。うまいがつよい。つよいがうまい。うひゃあどうもこれは感度良すぎますねえ！」と感度良好のマツムラさんが言う。

火はさらに激しく燃えさかり、雲の流れが早くなった。蒼《あお》く薄く研《と》いだような月が、はるかな高みを一心にかけのぼっていくように見える。

中国隊の人々が中秋節のときにうたう歌をよく通る中国オペラのような声で朗々とうたっている。

オアシス

タマリクス絶賛
蜃気楼《しんきろう》の正しいめくらまし
やかましいオアシスの夜

早朝叫び声を聞いたような気がした。あたたかい寝袋がここちいい。叫び声が夢の中のものだったのか、誰か実際に叫んでいたのか寝起きのくねくね頭では判然としない。

わがコバンザメテントの黄色いゴアテックスの色がほのかに識別できるから、もう外はいくらか明るくなっているのだな、とわかった。テントから顔を出すと、野営地はすでに動き回っている人影があった。

川へ行って歯と顔をすすぐ。塩の川だ。かなり冷え込んでいて手や顔が冷たい。しかしそのぶん気持がいい。塩分の多い川であっても水の存在というのはつくづく有難いものだ。気温は五度だった。

八時四十分に出発した。塩の川に沿って走っていく。川の両側は一面の葦《あし》でなかなか

いい風景だ。午前中はずっと峡谷の中を走った。左右はずっと百メートル近い崖《がけ》が続いている。浅い川は峡谷に沿って蛇行し、頭の上の空も左右に連らなる石の崖によって困ったように細長く蛇行していく。

陽関南道というこのルートは遠い昔に忘れ去られた道であった。長い時間谷底の道を走り、昼頃に漸《ようや》く谷がひろがり、緑の葉をつけた太い樹《き》がいきなり見えてきた。意外な風景であった。

「あれはもしや……」

と、力を込めて眺めていると、間もなく、

「あーあーこちら感度良好！」と、松村さんの無線が入った。

「あー、前方にタマリクスが見えてきました。あーあー、こちら本日も感度良好！」

おお、やっぱりそうであったか。おれはその瞬間、単純に感動した。かずかずの西域探検ものを読んでいて頻繁に目にしていたタマリクス（紅柳）とは果してどのようなものなのか、旅の前からずっと気になっていたのだ。ヘディンの本の古ぼけた写真で見るのがせいぜいであったから、このふいの現物ご対面というのは気合が入る。

「北にクルク・タグ山脈がはっきりと見える。山脈のこちら側に、非常に鮮やかに川の堤が見えるが、これは昔、川の侵蝕《しんしょく》によって出来たものである。左岸に突き出た岬の円《えん》錐《すい》状の丘の上にタマリスクが繁《しげ》っている。このタマリスクは、何百年も枯れ死んでいたのだが、やはり生命の最後の一滴を内に秘めていたと見えて、川が還《かえ》ってきた今、ふたたび息を吹き返している。鷹《たか》が一羽、頭上を飛び過ぎていく。かもしかが四頭逃げていく」(『さまよえる湖』＝スウェン・ヘディン著、福田宏年《ひろとし》訳＝岩波文庫)

名調子である。何度も読んだヘディンのこの探検記の世界の〝現実〟にひとつひとつ確実に接近しているのだ、という実感がその緑の木を見つけた瞬間に大きくふくれあがった。

「――私は涯《はて》しない砂漠で、一再ならずタマリスクを見ている。渺々《びょうびょう》とした砂の海、ラクダでさえ渇き死んでいる荒野の中で、タマリスクはしばしば生々として生育している。蘇《す》芳《おう》色の輝くような枝、したたるような緑の細葉、びっしりと連なって咲く紅《あか》い花が甘《あま》酸《ず》っぱい芳香を放っていた。タマリスクは、この上なく質朴で清らかである。性格は堅固で生命は強く、秋も深まると、その全精力を注いで自らが涸《こ》渇《かつ》するのを防ぐ。そして寒い冬になっても、毅《き》然《ぜん》としてきびしい風砂の中に立っている。その独特の姿は、砂漠の中の生命の証《あか》しであり、人に希望と勇気を与えてくれる」(『楼蘭王国に立つ』＝屠国璧著、田川純三訳＝日本放送出版協会)

一九八〇年に楼蘭に入った中国隊の記録である同書でもタマリクスはこのように絶賛されている。この一九八〇年の楼蘭探検は、ＮＨＫのシリーズもの「シルクロード」の撮影のためで、この時はＮＨＫの日本人撮影隊が楼蘭に入ることは許可されず、中国隊

砂漠につよいタマリクスの葉が強い風に踊りくるう。はげしくて少し悲しい風景だ

だけの楼蘭探検となった。この本にはその折の厳しい状況が書かれていて、今回の我々の旅に大いに参考になった。

　ところでヘディンもこの屠国璧もタマリスクと記述している。記録者によってタマリスクだったりタマリクスだったりして甚《はなは》だ曖昧《あいまい》な表記がなされていたが、最近の植物学界ではタマリクスに統一したという話である。

　タマリクスは乾燥した砂漠の、しかも塩分の多い土地などに平気で生えているタクラマカン砂漠の代表的な植物で、中国では紅柳《ホンリユウ》、そしてタマリクスのあるところは紅《ホン》柳包《リユウパオ》と呼ばれている。柳に包《パオ》とは妙なとりあわせだ。

　これには次のような理由がある。タマリクスは砂の中に根を十メートル以上も深く張りめぐらせて成長していくので、風で吹きとばされる砂がそこにたまっていく。それがどんどん進むと風に移動しない砂丘が盛りあがっていく。その盛りあがった砂丘が遊牧民などの住んでいるパオに似ているからそのような名がつけられた。

タマリクスはこうして砂漠化を防ぎながら、その巨大な根がオアシスに住む人々の燃料になる。さらにその枝で籠《かご》を編んだり、若枝をなめしに使ったり、さらに漢方の薬にもなったりと、まことにもって有能な存在なのである。この木はしかも水分があって風もあまり強く吹かないところなどだと条件がよすぎてかえって成長しないという。ひたすらけなげというか、変りモノというか……。谷がひらけるにつれて、タマリクスの木はさらに数を増やしていった。地図にある「紅柳溝」にさしかかっているのだろう。日本語でいえばタマリクス川である。

さらに一時間あまりそこを進んでいくと、川もタマリクスも消えていきなり前方の大地と空が「どおーん！」とひろがった。まさに「どおーん！」だった。

空と大地がいちどきにむきだしになったようにも思えた。両者のひろがりがあまりにも遠すぎて、はじめのうちはわが視界からいきなりすべてのものが消滅してしまったようにも思えた。

タクラマカン——であった。

アルチン山脈を抜け、いよいよタクラマカン砂漠へ入る。まだ砂漠は堅い大地で、けっこうスピードを出せる

オアシスに電気を送る果てしなく長い電柱の列の702番のところを曲がって北上する。砂漠へすすむルートの中で唯一番号のある場所なのである

楊志強隊長から、いま我々はタクラマカン砂漠に入った、ということが無線で告げられる。

それにしても、まったくじつに砂漠である。

空と地平は薄紫色の霞《かすみ》のようなものに茫々《ぼうぼう》と溶けてまじりあい、強い陽光の下にじっと息をひそめ、ある種の威武《いぶ》をもってひたすらひろがっている巨大な海のようにみえた。そうなのだ。そこにひろがっているのはまさしく海であった。いちめんの砂の海であった。

わが自動車隊は再び盛大な砂埃《すなぼこり》をまきあげて〝正面の茫漠〟に突進していった。車はまた激しい上下左右動と砂埃に翻弄《ほんろう》されはじめた。

間もなく隊列は急停止。通信機を積むトラックの天井からクーラーがそっくりはじけて落ち、使いものにならなくなったという連絡が入った。通信機械は熱をもつのでクーラーが必要であったらしいが、今はこの激しい揺れで通信機本体に影響がないか——ということのほうがむしろ心配のようだ。

太陽は頂点に昇りつめていて、風はいつの間にか熱風になっていた。今朝出発のときは羽毛服を着ていたのに、今はTシャツ一枚でも暑い。

車はそれぞれ四十〜五十メートルほどの間隔をおいて激しく揺れながらも、とにかくじわじわと愚直な昆虫の行進のように、前の車の轍《わだち》の跡を一心に追っていく。いまは無

蜃気楼はひんぱんにあらわれた。最初は砂の果てのオアシスのように見える。近づくにしたがってこのように空中に浮きあがっていって我々をがっかりさせるのだ

線もぴたりと黙りこみ、エンジンの唸《うな》る音だけが砂だけの地平にひろがっていく。永い永い闘いの時間になっていた。

蜃気楼がひっきりなしに現われる。それはたしかに砂漠のむこうの緑なすオアシスそのもののように見える。しかし目をこらしてよく見るとそのオアシスは地表からわずかに空中に浮かんだ〝うたかたの緑〟であることがわかる。それでもある蜃気楼はつらなった村のように、ある蜃気楼は行進していく沢山の象の群のように、またある蜃気楼はサカダチした小さい町のような恰好《かっこう》をして、私たちにあやしくおいでおいでをするのだ。そのめくらましがまことに堂々としていて、正しい蜃気楼であるな、と思う。けっして早いスピードではないが、車だから

我々は確実に接近していく。少しずつでも接近して位置が変っていくと蜃気楼の姿もじきにそのめくらましの呪縛《じゅばく》を解いてやらねばと、形を変えたり姿を消したりする。車の接近速度で見ているからそういうものが理解できるのだが、ここを歩いていく者の目から見たら、それらの蜃気楼を「めざすオアシス」と見間違えてしまうことも多いだろう。ましてや我々がその日の目的地としているのはまさしくオアシスそのものなのであったから――。

夕刻近く、オアシスの村米蘭《ミーラン》が見えてきた。今度は蜃気楼ではなかった。遠くぼんやり見えてきたのは、それまでいくつも見てきた蜃気楼と同じように見えたが、しだいにそれは接近しても浮かんだり消えることのない黒い島のような形になり、それは夕陽の落ちていく先と同方向であった。砂の海の、さながら島影のようなオアシスの米蘭が見えると、その米蘭からの無線が入りはじめた。それはなんと女の声であった。何を言っているのかわからないが、それを聞くのと同時に各車のスピードが一斉に早くなったような気がした。

海から島に上陸していくように、砂の世界から、草や樹の緑がひろがる堅い大地に入っていくと、吹いている風も、砂の海の上を吹いていたそれとはまったく風の質が違っているような気がした。

やがて道が見えてきた。砂の海から大地に上っていくように自動車隊はそこにどんどん〝上陸〟していく。道の両端に立ち並ぶ背の高いポプラの木が梢《こずえ》のあたりをわらわらと揺さぶり、吹いていく風がポプラの葉裏を白く光らせる。走っていく我々の車列の前で羊の群が面倒くさそうに道ばたに身を寄せ、大きなニワトリがくわくわくわとえらそうにトサカをふりたてながら横切っていく。犬が吠《ほ》え、風がまたその上を走った。オアシスはまさしくいたるところに命があった。

広い砂利道を進んでいくと、間もなく村の中心地に出た。大きな道が十字路になって

直射日光が顔やむきだしの肌に痛いので、休憩や昼食はこうして乏しい影の中で……

いてそのあたりに家が並んでいる。中心地といっても十数軒の商店と、招待所と呼ばれる宿舎があるだけの至って簡易な風景だったが、時ならぬ自動車隊進入に沢山の人が外に出ていた。みんな仕事の途中らしく、食堂の親父《おやじ》は前かけで両手をぬぐいながら出てきたし、床屋はカミソリを持ったままだし、菜っ葉を両手にいっぱい抱えたまま「何事がおきたんだあ」というような顔で口をあんぐりあけているおばさんもいる。このあたりはまだ未開放地域であるから外国人をはじめて見る人が多いのだろう。

歓迎の音楽が招待所のスピーカーからやかましく鳴りひびき、騒ぎを聞きつけて十字路の四方から自転車やロバ車に乗った人たちがまだまだ沢山集ってきそうだった。

米蘭は人口一万人。楼蘭の西南方向約百八十キロの所にあって、南の方から楼蘭をめざす時の唯一《ゆいいつ》の基地である。

二十世紀のはじめ、タリム河がまだ豊かな水量をもって流れ込んでいた頃はこの付近には米蘭のほかにアブダル村やロプ村があり、ヘディンやスタインの探検の時代にはこのアブダルやロプのオアシスが楼蘭へ突入していく基地となっていた。その頃米蘭は小さな村にすぎなかったが、政府の開拓団が入ってきてミーラン川の堤防や水門を作り、灌漑《かんがい》用水を張りめぐらせて、急速に緑化と村の組織化に成功した、という。その一方でタリム河の水が涸《か》れ、アブダルやロプのオアシスは消滅していったのである。

米蘭がいま豊かなオアシスであるということは、通りのいたるところを走る灌漑水路をごぼごぼとしぶきをあげて流れる豊富な水を見てすぐに理解できた。ここではいま小麦、綿花、スイカ、哈密瓜《ハミウリ》、梨《なし》などを作っており、果物は青海省《せいかいしょう》や甘粛省《かんしゅく》などにも出荷している。

招待所は入口のところに大きなカメが三つあり、飲料水はここからひしゃくでくみ取っていく。我々は五人部屋に案内された。コンクリートの床と壁。鉄パイプ製のベッド

米蘭の招待所で久しぶりに髪を洗う。各自がバケツ一杯ずつを使う。水のつめたさを全身でヨロコブ

が五つ壁にそって置かれており、小さな窓と天井に小さな電球がひとつ。全体の雰囲気はどう見ても収容所もしくは病室である。ここの服務員のお姉さんはみんな白衣を着ているから病室の気配の方が強い。おまけにテーブルの上には病気見舞のようにリンゴや梨などの果物が置かれている。しかしこれはつくづく有難いことである。部屋の隅に水の入ったバケツと洗面器があった。各自バケツ一杯の水を自由に使っていいと言われていたので、中庭に行ってまずは洗面器の水の中にざばりと顔をつけた。顔を洗い手を洗い頭を洗う。さらにシャツの洗濯をして最後に足を洗う。とことんまで使われたバケツの中のドロ水がじつにウックシク見える。

夕食もうまかった。オアシスあげて精一杯の歓迎なのだろう。驚いたのは砂漠の真ん中だというのに沢山の野菜が出てきたことだ。中国の錫《すず》味缶詰でずっとやってきたので、野菜豊富なスープが笑いたくなるほどうまい。野菜はナス、トーガン、ドジョウインゲン、セロリなどが入っている。北京の高級国際ホテルのバカ高中華フルコースの五十倍ぐらいはうまい。五十倍という根拠は自分でもよくわからないのだがまあそうなのだ。

部屋に戻るとひと足早く田川副隊長が戻っていた。相変らずどうも冴《さ》えない表情をしている。出発前からのその奇妙な沈鬱《ちんうつ》ぶりの理由は途中のバシクルガンあたりのキャンプで少しずつ聞き、おれにもわかってきていた。

北京に入る直前に、中国側が「楼蘭に入るのは許可するが、楼蘭およびその周辺の未開放地域の撮影は一切許さない」という突然の制約をつたえてきたのだ。ヘディン探検隊以来五十四年ぶりの外国人の楼蘭踏査をドキュメンタリーに録《と》ろうとしているチームにとってその制約はまさに死活問題そのものであった。

撮影は映画、VTR、スチールのすべてが禁止。一切の標本採集の禁止。文物（文化的な遺物）は勿論《もちろん》のこと、石ひとつ地上のものを拾ってはいけない。走行途中、車は原則として一切止まらず走り続ける。単独行動の禁止。緊急以外の無線の禁止——等々といったまさに禁止ずくめの通達がなされていた。

哈密瓜です、といって細っこい原とフトメの安田がフットボールを倍にしたくらいの巨大なのを抱えて部屋に入ってきた。哈密瓜はこのあたりでは邦貨にして一個五円ぐらいで買えるらしい。

「日本でも今年あたりこれが入荷してきて六本木あたりだと一個三千円もするんですからね。だからザマミロですよ」

だいぶ無精髭《ぶしょうひげ》のはえてきた安田が嬉《うれ》しそうに言った。「本当にザマミロだなあ」原とおれが口を揃《そろ》えて言った。何がザマミロなんだかよくわからなかったが、とにかく我々はさらにザマミロだよなザマミロだよな、と言いつつ次々に哈密瓜を食っていった。冷蔵庫で冷やしてあるようなものではないが、よく乾燥している大気の下、その歯ごたえのある甘い味はじつに文句なしの絶品であった。哈密瓜はまさにシルクロードの味である。

『拾遺記』という本にこのようなことが書かれている。

「後漢の明帝の母が夢でおいしい瓜《うり》を食べた。帝《みかど》が諸方の国に使いを出したところ、敦煌から異瓜を献じてきた。穹隆《きゆうりゆう》という名の瓜で、長さ三尺、美味なること飴《あめ》のようであった。古老は昔の道士が蓬莱《ほうらい》山からこの瓜を持ってきた、と言った」

蓬莱山とは中国の神仙思想で説かれる仙境のひとつだが、それは古老のハッタリで、おそらくウイグルあたりから運ばれてきた哈密瓜だろう。

宿舎は全体が騒然としていた。中国隊のめんめんが酒を飲み、なにか大声をあげて数十人でやる中国式マンモスジャンケン大会のようなものをやっている。日本人の新聞記者や学者やテレビのスタッフらもそれぞれ慌《あわただ》しく動き回っていた。とりわけ三菱自動車から派遣されてきた二人のメカニックが忙しい。ここまでの砂漠の旅で故障する車が続出したからだ。

「消灯は十時です」

と、中国隊の連絡係がその中をやはり慌しく知らせにきた。

夜更《よふ》けに外に出た。なんだか寝そびれてしまったのだ。外はもう冷気がおりて羽毛服なしでは寒かった。外燈《がいとう》というものはないから、電気のないオアシスは月の光の中で黒く沈んでいた。

宿舎の周りは掘りおこしたタマリクスの根があっちこっち小山のように積まれていた。なるほどタマリクスの根は怪物じみて太く大きく、そのうねりかたも凄《すご》い。

米蘭のオアシス開拓はタマリクスとの格闘であった、ということを昼間当地の開拓団員に聞いたばかりであった。開拓団がはじめてやってきた頃はこの周りは葦《あし》や甘草、ラクダ草が茂りいたるところにタマリクスの根がうねっており、とにかく当初数年間はその巨大な根を掘り起こす日々が続いたのだという。

月の輝きがすごい。雲はなく、月は頂点に青く白く輝いていた。月の光の中にどさりと積みあげられたタマリクスの根は、ぼんやり眺めているとそのままうねうねと動きだしそうだった。

いたるところでニワトリの鳴く声と犬の吠え声が聞こえていた。ブタやロバの鳴く声も聞こえる。砂漠のオアシスの夜がこんなに騒々しいものとは思わなかった。

月が出ているのにもかかわらず、ポプラ並木の下は真暗でそこだけ静まりかえっていた。ポプラの梢のあたりには時おり風が吹きすぎていくらしく、月の光の中ですこし揺れているのがわかった。ふいに闇《やみ》の中からロバ車があらわれ、頬かぶりした男を一人のせたまま、かしかしと乾いた音をたてて暗い木の下を走り去っていった。

ポプラ並木の道の真ん中に立つと、まだ月が頂点にあった。月を見ながら歩いていくと、月が自分のあとを忠実についてきた。こんなふうにして月と一緒に歩くのは何年ぶりのことだろう。

また風の中を別の人影があらわれた。若い男と女であった。肩を並べてひっそりと歩いていく。恋人同士なのであろうか。オアシスの夜というのはけっこう沢山の人が歩いているものらしい。

遠くで狼《おおかみ》のように、うおーんうおーんと犬が鳴いた。オアシスの、こんなふうに研ぎすまされた夜をもっと歩いていきたかったが、おれの歩いていく気配を察して次々とそんな犬の吠え声がひろがっていくので、やがて村中の犬が吠えだすような気がした。オアシスの夜というのはけっこう騒々しいものなのだ。

おれは間もなく立ち止まり、さてどうしたものか、としばらくの間、月の白い光の中で考えつづけた。

ロプノール人

百足《ムカデ》型中国式緊急的行列
世界最凶の巴《ともえ》型便所
最後のロプノール人

部屋の空気が冷たくなっているのがわかった。ベッドの中で目をあける。腕時計の夜光塗料の針が七時少し前を示している。

部屋の中も窓の外も真暗で、宿舎全体がまだ重く深い睡《ねむ》りの中にあるようだった。いつも体調を整えておくために日本にいる時は早朝走っていた。中国にきてからはそれが中断していたので、これからいよいよ自分の足で楼蘭に踏み込むことでもあり、また少し鍛え直しておこうと思った。

身仕度をしてそろりそろりと宿舎を出た。思った以上に空気が冷たい。いたるところでニワトリがトキの声をあげている。それにつられてなのかブタもあちこちでうるさくないている。前の晩にオアシスの夜は思いがけなく騒々しい、ということを知ったが、たっぷり暗い明け方はそれよりももっと騒々しかった。高いポプラ並木のむこうの月がまだかなりの輝度をもって光っている。

広い道を走ろうかと思ったが、ふいになにかそうすることがひどく場違いなかんじがして歩くだけにした。ロバやニワトリがあちこち勝手にほっつき歩いているので、そんな中をいきなり人間がかけだしたりすると何かとんでもないことになりそうだった。

闇《やみ》の中をロバ車に乗った農夫が白い息を吐きながら仕事に出ていく。すこしずつあたりの風景に蒼《あお》みが増し、どこか遠くのいろんなところで人間のたてる朝の音がしだいに実感をともなって大きくなっていく。

周囲がいよいよ朝の明るさになった頃宿舎に戻った。玄関のところで顔を洗ったばかりの中国人通訳の一人趙杰《チョウケツ》さんとばったりハチあわせしそうになった。かれの顔を見て驚いた。それまでのふさふさした七・三分けがそっくり消失して、つるつるの五厘坊《りんぼう》主《ず》になっている。「ありゃま！」というかんじである。

聞けば四人いる中国人通訳はこの米蘭に入って全員坊主になってしまったのだという。以前砂漠に入った人の話を聞いて、髪の毛にぞろぞろ入ってくる砂を防ぐには坊主が一番いい、という判断からそうしたのだという。

以前楼蘭近くまで入っていき、ルートを間違えて危うく遭難しそうになったという考古学者が我々の隊にいる。ウイグル人のイデリスさんで、彼も砂漠の砂との闘いのおそ

オアシスは本当に砂の海の中の緑の島だ。砂漠を吹きわたる強い風にポプラの並木がたちむかう

ろしさをくりかえし話していた。イデリスさんは飢えて最後はチューブの歯磨きまで食べていたそうだ。

米蘭にはこれまで西域を旅する多くの探検家がやってきた。記録に残っている人物だけでも玄奘《げんじょう》三蔵、マルコ・ポーロ、英国の探検家マーク・オーレル・スタイン、そして日本の 橘《たちばな》 瑞超《ずいちょう》となかなか国際色豊かだ。

三蔵の旅は別にしても、遺跡発掘を目的に砂漠を探検するとなるとどうしてもかなりの人数が必要になる。ましてや彼らの当時はラクダ隊が多かったから相当な人数がこのオアシスの村で砂漠突入の身仕度をしていたのだろう。小さなオアシスの村なのにそこそこの人数が泊れる招待所（宿舎）があるのもそういうことの必要性からきたのであろうかと考えたりしたがくわしいことはわからない。我々は途中でサポート隊が増加して総勢百五十人近い大部隊になっていた。この招待所はそのくらいの人数が宿泊できる容量をもっていたが、問題はしかし別のことにあった。

宿泊した人数にくらべて便所があまりにも少なすぎるのだ。具体的には「一人用」しかない。人間は朝食をたべるとモヨオシてくるものだから、その日の朝は百五十人の隊員が朝食後にどっと便所に殺到した。

当然ながら行列ができる。長い行列である。当然ながら人々は一様にセッパつまっている。おれも並んだ。

中国式便所は開放型である。中国という国は何がおきても何があっても不思議ではない、というところがあって、この開放型便所というのも、まあ今日《こんにち》こんなことしてるのは中国ぐらいのものだろうが、中国にきているのだからそれも仕方のないことであろう、とつとめて大人《たいじん》的思考理解につとめるものの、実際に直面するとどうもこれはいささかたじろぐ。

初めて中国式便所を体験したのは一九八一年のことであった。場所は上海人民公園の公衆便所であった。

長い旅のはじまりであったからどっちみち慣れなければいけない、という気持もあってかなり積極的にそこに突入した。

建物の外側はいわゆるひとつのフツーの公衆便所と変らない。しかし一歩入った中がモロに中国であった。入るときに「誰も先客がいないといいな」という気分と、しかしそれじゃあいつまでたっても慣れないから「何人かいたほうがいいな」というような少々揺れる思いがあった。

薄暗い中に三人の先客がしゃがんでいた。みな尻《しり》をまくり（当り前だが）じっとしている（当り前だが）。こういう時のまあ国際的なマナーとしては、あまりくわしくじろじろ観察するのはまずいのだろうが、それでも一人はじっと前方の壁を見つめ、一人は新聞（人民日報らしい）を読み、一人は顔をやや上向きかげんにして目をつぶり、中国悠久四千年の虚空《こくう》的思考に思いをはせている。

十人ほど座れるスペースがあったが、なんとなく等間隔で座っているところに微妙な中国的作法のようなものを感じた。互いにあまり言葉を交わさない、というところも初心者としては大いに参考になる。你糞好不好《ニーフンハオプーハオ》（どうですか、おたくの出ぐあいは？）などということを聞いてはいけない。

書き忘れたが、中国の開放便所の座り方は「入口に向って頭」である。つまり尻は壁の方に向く。で、話は急速に米蘭一人用便所の場面にもどっていくのだが、これはどういうことになるか、というと、大便をする人と、長い行列をつくる人々とが、つまりそこで《やっと安堵《あんど》安泰の一名》対《切迫多人数》という力関係のもと、ある種の緊迫感情のうちにきっぱりと向きあう、という形になる。しかししゃがみ式だから、向きあうといっても大便をする人はしゃがんでいて、その上におしかぶさるようにして行列の先頭の人が「まだかまだか早くしてくれいそげいそげ」という濃厚気配を横溢《おういつ》させて体コキザミに動かし、あまつさえ足踏みなども加えていまやおそしと待っている、という状態になる。

もうひとつ、中国人の行列について書き忘れていた。

中国は人の国である。どこへ行っても人人人人人人の国だ。役所の窓口でも鉄道の切符発売所でも常に人の行列ができる。人が大勢いるところにきてこういう公共施設の対応対人窓口が常に少なすぎる、という慢性化したアンバランス需給体制のもとに、中国人は絶えず行列づくりを強いられる。

そういう状況にあるから、中国人というのは極度に行列の横入りを嫌う。一方そこを強引に行列に割り込もうという人も少なくないのだ。

かくて中国人は横入りを防ぐために、すぐ前に並んでいる人の背中に異常なくらいまで接近して割り込む隙間《すきま》をつくらない、という自衛手段をとるようになった。すなわちすぐ前の人の背中に自分のお腹《なか》をぴったりくっつける。自分がそうすればすぐうしろの人のお腹も自分の背中にぴったりくっつく。当然ながら邪魔な手は左右に出しておく。

かくして異様に圧縮密着した難攻不落のムカデ的ストロング行列がかたちづくられる。

この行列のおそろしいところは「押し」の力がすごい、というところである。先を急ぎ、気持を焦らせる人々がエイヤエイヤと力をあわせて腹を前に前に押しつけていけばぐいぐいとくる最前列の圧力パワーたるやすさまじいものになる。

あわれオアシスの朝の一人用便所の攻防は、つまりそのような様相の中でくりひろげられたのである。苛《いら》だちを加えた早くしろパワーの前で、大便をする人はもうすべての一般的恥辱を忘れ、いかに衆をたよった目前の人々の攻撃をかわし、おのれの心ゆくまでの所業を完遂させるか——のタタカイに突入していく。さなきだに男は度胸。男は黙ってとにかく大便なのである。

この衆人環視の中のリンチのような便所体験をすると、もう大便関係では人生コワイものはないな、という気持になる。どおーんとどんなところへでも連れていけ！　どんなところでもしてやるぞ！　というような気分になる。

しかし、世の中には上には上が（というかむしろ下には下が……というべきか）あるものでもっとすごい体験をしている人がいる。

『ホテルアジアの眠れない夜』（凱風社《がいふうしゃ》）というおれの好きな本がある。著者の蔵前仁一《くらまえじんいち》さんは世界中を旅行しているバックパッカーだが、時おり世界のさまざまなトイレ事情に触れる。次の一文は蔵前さんの友人が体験した凄絶《そうぜつ》な中国厠《かわや》事情である。

「中国にはかの有名な長江下りという船がある。重慶～武漢を二泊三日で下って行く船旅となるのだが、この船の五等席用トイレほど恐しきものはこの世にない。(中略)ザコ寝方式になっていて、ざっと二、三百人がここへ積み込まれる。問題なのは、この大人数に対してトイレが二個しかないという点なのである。朝になると当然、ほとんどの人々がこのトイレへ押し寄せるのであるが、この人数で二個となると相当長時間待たなくてはならない。ならば彼らは待つのであるか？　答えはもちろんノーである。なんと彼らは、このわずか二個のトイレに続々と押し寄せ、ひとつのトイレで体を寄せ合い三人同時に用を足してしまうのだ!!　どうだ、まいったか！」

……まいりました、と言わざるを得ない。まさに史上最強（図）の便所であろう。三人で同時ということはそれぞれお尻をまん中で合わせてトモエ型にして行なうのであろうか。安定をよくするために互いに背中をくっつけあう必要がある。それでもしかし三人が同時に排便スタートし、同時に終了、ということはないだろうから、途中で一～二人ぐらいは入れ換わるのであろう。そういう場合はどうするのだろうか。現場を想像するとどうも思考がグラグラしてくる。

アウシュビッツで囚《とら》われの人々のトイレを実際に見たことがあるが、腰かけ式の長ベンチスタイルになっていて、等間隔に穴があいている。もちろん左右にしきりはないが、これはヨーロッパの古式トイレにその原型があって日本人が思うほどそんなに恥ずかしい形態ではない。

羞恥《しゅうち》的な形態、行為という意味ではこの長江下りの三つ巴便所が世界一であるような気がする。けれど中国関係の本を読んでいると、中国人というのはこの人間の排泄《はいせつ》における行為についてどこか本質的にとび抜けてしまっているようなところがある。

『アジア厠考《かわやこう》』（大野盛雄《もりお》、小島麗逸《れいいつ》編著＝勁草《けいそう》書房）に北京市の人々の生活感覚についてこんな一文がある。

「非衛生であることについてはしばしば不快感を洩《も》らす市民も、仕切りやドアがないことについては、さほど苦情を呈さない。実際、オフィスなどのドアのついている手洗いでも、ドアを閉めて用を足す女性は少なく、一般に大きく開けたままである（さらについでながら使用後水を流すこと、手を洗うことを行なう女性もあまりいない）。手洗いが使用中であるか否《いな》かを知りたい場合は、半開きのドアをいきなり引き開けて人の在、不在を見るのであり、ノックによる人は少ない」

たかが人間の排便なのだ——という精神感覚上のフン切りがついているようでなるほどなあ、と思う。こういうことを知ると、日本の女性の、あの排泄音さえ恥ずかしい、といって用便中にいちいち水を流してその音を消す、という行為などの方がむしろ異常なのかもしれない——と思える程だ。

美しいポプラの繁《しげ》るオアシスにきて何時《いつ》までも糞便《ふんべん》関係に思いを募《つの》らせるのもむなし

いことだ。

楼蘭人の末裔《まつえい》がこのオアシスにいるらしい、という知らせが入ったのはその日の朝だった。さっそく会いに行った。

ラフマンさん、八十七歳の老人である。白い頬髭《ほおひげ》をはやし砂漠の風に彫られたようないい貌《かお》をしていた。ラフマンさんの家はポプラ並木の先にあった。囲いの入口から住まいまで低い柵《さく》があって草が繁り、ちょうどいい自然の日かげをつくっている。

ラフマンさんはウイグル語なので二重通訳で話を聞いた。

ラフマンさんは米蘭の北方約五十キロのところにあるアブダン（アブダル）の生まれである。アブダンの周辺にはウリカンとチクリクというふたつの湖があったが、しだいに水が減ってきて生活しづらくなってきたので、彼が十二歳の頃に一家で米蘭に移ってきた。年代でいうと一九一二〜一三年の頃になるようだ。

アブダンの村はプルジェワルスキーの『黄河源流からロプ湖へ』（加藤九祚《きゅうぞう》、中野好之《よしゆき》訳＝白水社）の中にくわしく出てくる。

「タリム川がカラ・ブランから出るときの幅は以前の半分ほどに縮まるが、深さはほとんど変わらない。タリム川はこうして一五キロほど流れてロプ・ノールを形成し、その中で消滅する。しかし旧アブダル部落付近、つまりロプ・ノールに流入する直前のタリ

楼蘭人の末裔ラフマンさんを訪ねた。ロプ湖畔に住んだ人々を先祖にもつ風格のある老人だった

ム川は深さ五、六メートル、幅三、四〇メートル、流速は一分間四五から五〇メートルであった」

ラフマンさんのいうチクリクという湖がプルジェワルスキーの記述するカラ・ブランらしい。このアブダン付近に住んでいた人々はロプノール人(ロプ人)と呼ばれる。我々が出会ったラフマンさんはどうやら最後のロプ人のようであった。

ラフマンさんが子供の頃アブダンでは沢山の魚が獲《と》れ、村の人々の食事の大半は魚であったという。タリム河は淡水なので川の魚になるが時おり七、八キロもの大物が獲れたらしい。

「アブダルの住民はモンゴル人やタングート人とは違って清潔である。夏はしばしば水浴し、冬も沐浴《もくよく》している。食器も食事の作り方も清潔である。食前食後には手を洗うし、その衣服もそまつではあるが、よく洗濯されている。晴れ着はたいへんきれいである。カラクルチンの住民はぼろをまとってきたなく、しかも魚の臭気が強い。もっとも、魚のにおいはロプ・ノールとタリムの全住民に共通している。彼らの部落から発する魚の臭気は風で運ばれて、遠くからでもにおうほどである」（同書）

当時の魚の食べ方もくわしく記述されている。普通は煮て食べるが、干し魚にもする。干し魚を食べるときは塩水に浸してから焼く。魚を煮た汁は茶のかわりに飲用され、また魚から脂《あぶら》をとってバターのように使う。魚の補助として、春と秋はカモ、冬はハラ・スルタ（カモシカの仲間）や野生ラクダの肉などを食べる——。

この頃のアブダルには二、三千人の住民がいたらしいが、タリム河の水が涸《か》れたのと同時に住民は四散した。ラフマンさんが子供の頃父親に聞いた話では、ラフマンさんは楼蘭人の七代目の子孫であるという。そして楼蘭人は楼蘭からテッカンリク—シャカンリ—アブダン—米蘭と四回引っこした、という。

楼蘭についてどのようなことを知っているかと聞いた。すると驚いたことに「一九四〇年に行ったことがある」という返事がかえってきた。

「楼蘭には十二の町があって、あたりには水もあり、家も元のままだった。淡水の川が流れており、川幅は五十〜百メートルと広く、飲み水にもなった……」

オアシス米蘭の綿花畑はちょうど収穫の季節だった。いちめんの白い花がきれいだ

えっとひっくりかえるような話であったが、あとでシルクロード研究の神様のような早稲田大学の長澤和俊教授に聞くと、おそらくロプノール周辺の小さな集落を楼蘭と間違えているのだろう、と話していた。

「祖先が楼蘭を捨てたのは千年以上も前のことなので正確なことはわからないが、伝染病がはやったのとタリム河の水が涸れたからだろう」

ラフマンさんはずっと最後まで静かな口調で話していた。

午後になると強い風が吹いてきた。広い砂利道のあちこちで埃《ほこり》が舞いあがり、それが時おり小さい渦をまいて走り抜ける。

気温が三十分ごとに一度ぐらいずつ上昇しているらしい。いちばん暑いのは午後三時頃で、午後一時ですでに四十二、三度はありそうだ。けれど空気が乾燥しているのでそんなに暑くは感じない。

ポプラの木陰に入っているとむしろひやりとするくらいだ。

この村は午睡の習慣があって、一時頃から三時三十分までヒルネの時間だ。村の人と我々のチームの中国隊の人々はならわしどおりさっさとヒルネしてしまったが、日本人は普段そういう習慣がないのでみんななんとなく手もちぶさたでそこらをうろうろしている。

現地にきて気がついたのだが午睡というのは実にオアシスの気配に合う。精神的にリッチであるな、と思うのだ。ヒルネの練習をしておけばよかった、と思った。

子供たちがこの時間に学校から帰ってくる。

坊主頭《ぼうずあたま》の少年が肩から長い吊《つ》りカバンを下げ、誰に貰《もら》ったのか大きな哈密瓜《ハミウリ》を両手にもって時おりそれにかぶりつきながら通りすぎていった。大きな哈密瓜なので、うしろからみるとハミウリが少年の顔から左右に大きくハミ出している。少年もおれが気になるらしく、時おり振りかえって見る。振りかえるのは頭だけでなく全身ごとくるりと一回転させるのだ。

道路をころがっていくような風のかたまりが通りすぎると、ロバ車が車輪をきしませながら走りすぎていく。ロバ車に綿花を積んで老人夫婦が仲よく並んでいる。哈密瓜をたべつつ帰る少年も綿花畑から帰る老人夫婦も、家に帰るとそれぞれの午睡に入るのだろう。

砂漠の貝

砂嵐《すなあらし》カラブラン
タリム河デコボコ突撃
砂漠に白い巻貝

オアシス米蘭には二日間滞在した。その間に探検隊は車の修理や整備をし、食糧や備品などの補充をし、さらにこれからタクラマカン砂漠の奥地へ突入する英気を養った。――と書けばいかにも「よおしやるぞ！」という全隊員のヤル気にみちた躍動感がつたわる気配となるだろうが、実際はちょっと違った。

例のあの田川副隊長の日増しにつのるユーウツのみなもとである中国側からの〝規制強化〟は、この米蘭に入っていよいよ具体的な約定となって我々に突きつけられた。それらのいずれもが出発時の北京や準備のための敦煌待機中などでは一般隊員には殆《ほとん》どつたえられていなかった事柄であった。

明朝出発という晩に、轡田隊長から正式な注意事項として次のようなことが申しつたえられた。

一、一切の標本採集の禁止。文物（文化的な遺物）は勿論《もちろん》、何物も地上から拾わぬこと。

二、途中、車は原則として一切止まらず、直線路を走り続けること。

三、撮影、報道、訪問等は、一切全青聯《せいれん》（中華全国青年聯合会＝今回の探検隊の中国側のサポート派遣組織）の窓口を通し、その許可を得てから行うこと。

四、撮影（ＶＴＲ、スチール）は中国側が撮り、軍と中国文化部の検閲を経てから提供する。

五、米蘭、楼蘭間はこれまでよりさらに危険なので単独行動の厳禁。

六、緊急以外無線は使用しないこと。

七、食糧が不足気味なので各自節約していくこと。

八、楼蘭古城では新疆《しんきょう》考古研究所所員の指示に従って行動すること。

――等々というようなものであった。さすがに楼蘭は中国の秘境中の秘境であるのだな、ということを改めて認識させられる内容である。

田川副隊長の顔色が冴《さ》えないのも当然であった。

その夜、オアシスにはかなり激しい風が吹いた。風は砂漠を吹き渡ってくるから、沢山の砂塵《さじん》にオアシス全体が覆《おお》われることになる。丈の高いポプラが沢山植えられているのはこの風除《かざよ》けのためでもあるのだろう。宿のベッドの中であたりがそっくり揺さぶられるような風の音を聞いていると、砂漠のオアシスというのは荒海の中の孤島とまったく同じようなものなのだな、ということを実感する。いよいよ明日から砂の海へ出て行くのである。

激しい風の音を聞きながら睡《ねむ》る。電力節約のために宿は全館消灯され真暗である。暗い闇《やみ》の中で温かい毛布にくるまって風の音を聞いているのは心地いい。

外は小さな砂嵐のようになっているようだ。

ゴビやタクラマカン砂漠には黒い嵐（カラブラン）という、もっとも怖《おそ》れられている砂嵐があるという。

ライアル・ワトソンの『風の博物誌』（木幡和枝《こばたかずえ》訳＝河出書房新社）に三つの砂嵐のことが書いてある。もっとも劇的なのは「壁」型のもので、これが起こる前には空気が異常に穏やかに、熱く、重苦しくなる。そこへ地平線を絶ち切るように黄色っぽい塊が現われて近づくにつれて大きくなり、ついには二千メートル以上もそびえるまったく見通しのきかない壁となる。「柱」型の砂嵐は、対立する二つの気流から発生するもので、しっかりと渦を巻いたトルネードのような構造をもっている。

我々のいる砂漠の〝カラブラン〟は、まず地平線上に青黒い線として出現し、次第に幅広くなって腕を拡《ひろ》げはじめたかと思うと、あたりを冷たく暗い、うなり声をあげて暴

前日の強風で上空まで捲きあげられた黄砂が霧のようにただよう。スモッグの濃いときの東京の空のようである。三日ほどこのような空がつづいた

れる土砂の嵐に巻き込む。出現したときと似て突如として消えるこの嵐が過ぎると、砂漠は大掃除のあとのようにきれいさっぱりとなり、旅人は長い病気のあとのように、奇妙なぼおっとした様子をしている――。

ワトソンはそうは書いていないが「壁」と「柱」の砂嵐に対してこのカラブランは「線」の砂嵐ということになるのだろうか。

寒い朝だった。身仕度をして外に出ると、風はすっかり収って、あたりは奇妙にけぶったようになっていた。はじめは朝の霧なのだろうか、と思っていたが、我々の出発する九時頃になってもいちめんにぼやけた白い風景は変らず、間もな

くそれがゆうべの小さな砂嵐で捲《ま》きあげられ、いまだに霧のように空中に漂っているものすごい質量の砂塵であるらしい、ということがわかった。この黄塵はしばらくそうやって空を舞い続け、落ちつくまでは二、三日かかるそうだ。

ごろんごろんぶるんぶるんというエンジン音を轟《とど》かせて合計二十七台の自動車隊が静かなオアシスを出ていく。

仕事に出かけるついでに我々の出発を見物している米蘭の住民が、ただよい舞う砂塵の中でぼおっとかすんでいる。空はいちめんの茶色であった。曇っているのかと思ったらそうではなく、米蘭は快晴のようである。太陽のあるあたりが赤錆色《あかさびいろ》にぼんやり光っている。すこぶる奇妙な風景の中での出発である。

それにしても昨夜の隊長訓示は少々ショックであった。無事楼蘭に入っても、VTR、カメラなしに、どうやってドキュメンタリーを撮ればいいのか。わがチームは重苦しい気配の中にいた。

中国側のこの規制が、北京出発時では殆どつたえられず、いよいよ本格的な砂漠突入、という段階になって、無線通信でつたえられる、というところに納得しがたいものがあった。

我々の隊の顧問格にあり、これまで数々の遺跡調査に参加している長澤和俊教授に伺った話では、このようなことは中国の未開放地区ではよくあることで、とにかくそう決まってしまったら仕方がない諦《あきら》めるしかないのだ、という。

出発前に、井上靖氏と会い、楼蘭について様々な話を伺った。

一九八五年に井上靖氏の原作『おろしや国酔夢譚《たん》』をベースにしたテレビドキュメンタリーのかなり長期にわたる旅に参加したことがあるが、そのことが契機となって何度か氏の自宅を訪ね、一緒にブランデイのお湯割などを呑《の》んだりしていた。

楼蘭はまさしく『楼蘭』という題名の美しい小説を書いた井上靖氏が最も訪れたかった場所であった。そこへ行くことが決まってすぐに報告に行った。

「先生のかわりといってはナンですが、ちょっと行ってきます。何か先生のかわりにやってくること、見てくることはないでしょうか？」

すると井上氏は嬉《うれ》しそうに笑い、

「そうですねえ。では楼蘭古城に着いたらひとつだけでいいです、ひとつだけでいいですから石を拾ってきて下さい」

「はあ、わかりました。石ですね」

おれは手帖《てちょう》に（石ひとつ）と書く。

「それから、私のかわりに大地にあおむけに寝てください。そうして天を眺めて下さい」

「はあ、わかりました。空を眺めてくるんですね」

「空じゃなくて、天です」

「はあ、わかりました。天を眺めてきます」

(天ひとつ)と、おれは手帖に書く。まるでご隠居さんのところへ長屋の八っつあんが買い物のご用聞きに行ってるみたいだが、とにかくこの旅は大事な人のそういう特命をおびてもきているのである。

天は眺められるとしても、石ひとつ拾ってはならぬ、という通達がなされてしまった、というのはどうも気の重いところだ。

まあしかし、傾向における対策的作戦はあるぞとひそかに思った。

米蘭を出ても頭の上はずっと薄茶色の曇り空のようなぼおっとしたものがひろがっている。思いがけないほど湿り気のある泥土《でいど》のような大地がしばらく続き、やがてそれは灰色のいくらか乾いたものになっていった。

土は固く干上がっていて、褐色のサザ波が永久に静止したようにも見える。果てしなく地平線の彼方《かなた》まで続く巨大な洗濯板の上を行く気分でもある。したがってクルマの中にいる我々にはおそろしくこまかい震動が間断なく頭のてっぺんまで突き抜けてくる、という状態になり、どうもこれはあまりにも具合が悪い。話をすると確実に舌を噛《か》む。まあそれは黙っていれば舌を噛まずにすむことだからいいのだ。問題は頭蓋骨《ずがいこつ》にへばりついている脳ミソがこのままではじきにみんな頭蓋骨の下部に落下してぐずぐずになってしまうような気がする。

そんなことになると脳の中の思考順序や言語順列が狂ってしまってえらいことになりそうだ。「ああくさかった。してはいけない消化力ですよ。ははははは。弱っているからね。くださいくださいください。長旅ではね。クルマの中のオナラかな」なんていう会話しかできなくなってしまったらどうしよう。

果てしなく続く車の震動に合わせて、軟体動物のように全身をクネクネさせていると、そのクネクネ運動が震動を吸収してなかなか具合がいい、ということがわかった。しかしそういうことをいつまでもやっているとかえってくたびれる、ということもわかった。

砂漠のクルマの旅というのはかなり退屈なものでもあるのだ。

正午近く、水をたたえている川に出っくわした。驚くべき風景である。

「このまま先にいくとどんどん川の水が増えていって、ひょっとするとロプノールにも知らぬ間に水が戻っているなんてことが……」

などと思ったとたんに水がなくなってしまった。かわりに白い氷のようなものが川面《かわも》を覆っている。

具合のいいことにそのあたりで小休止になった。早速正体を確かめにいくと、それは「塩」であった。塩はかつて川であったところを川のように蛇行して続いている。そのあたりの上空もまだオウド色の砂塵が天空を舞っていたが、かなり高くなっている正午

氷を張りつめたような塩の川があらわれた。強烈な陽光の中で不思議な風景でもあった

の薄ぼんやりした光の中に、その真白な塩の川はひどく場違いなかんじであったが、しかし静かに美しかった。

川岸から見ると塩の層は深く、手を差し込んでいくとどこまでも突き進んでしまう。舐《な》めると少し甘く、かなりしょっぱい。つまりこれはすこぶるいい塩なのである。

「いい塩だねえ。アジの塩やきかなんかでイッパイイやりたいねえ」

かたわらのギプス永島や細っこい原とそんな話をする。そのイッパイイも、まずはつめたい生ビールで……などと思うとその刺激で頭蓋骨にへばりついている脳ミソがやっぱりどさどさ落ちてしまうような気がする。なにげないウスバカ思考も命がけなのだ。

タマリクスがところどころに見える丘陵

地帯に入り、そこを抜けると、広大な湖底にいきなり突入した。はるか地平線のかなたまで見事に何もない荒涼とした黄土のひろがりである。遠方は黄塵にかすみ、空と地が一体になってしまっているので、目の前のそれはただもういちめんの黄土色の茫々《ぼうぼう》……である。

かつてのカラ・コシュン湖の跡であった。

カラ・コシュンが淡水湖であった、ということをヘディンは『さまよえる湖』（関楠生訳＝白水社）でこう書いている。

「彼（引用者注・プルジェワルスキー）の説では、カラ・コシュンが淡水なのは――湖岸の方々でよどんでいる水は塩分をふくんでいるのに――タリム河が流れこむからである。カラ・コシュンが淡水湖だったのはあやしむには足りないだろう。この湖の北東の部分の湖岸に、私は塩分を軽くふくむ潟をいくつか見つけた。おそらく、ヘルネルの推測しているように、淡水湖の北東に塩水の終結湖があったのだろう。そうとすればカラ・コシュンは中間湖になり、従って淡水をたたえることになるであろう――」

そうか。いま自分たちはかつてタクラマカン砂漠のまん中にひろがっていた広大な淡水湖の中に走りこんでいるのか――。目下の周囲の景色からはそれを想像するのは大変なイマジネーションの集中力を必要とする。なにしろ長い一列隊をつくって走っていく自動車の一台一台が、相変らずの砂漠の風にそれぞれ白い砂煙を捲きあげてひたすら突っ走っているのである。

なるほど湖底に入って砂がまたやわらかくなったのだ。見るといたるところに大きな亀甲《きっこう》形の割れ目が走っている。亀《かめ》の甲の周縁は盛りあがり、中央部はへこんでいる。湖底の粘土に割れ目ができ、そこへ毛細管現象によって下から塩水が上がってきて蒸発する。残った塩分が霜柱状になって亀の甲の外縁を持ちあげているのだ。塩皮殻というらしい。そこを走る我々のクルマは亀の甲状の揺れ方になるのだ。が、まあ実質的にはいままでの揺れとさして違いはない。

一時間ほど走ったところでいきなり大きな川の跡に出た。水も塩もないが、両岸から落ちこむ崖《がけ》の深さや川幅から考えてかつて水の流れていたときを想像すると砂漠の川としては相当な〝大物〟である。

タリム河であった。

ヘディンをはじめとして数々のロプノールへ接近していく探検記に〝主役〟のひとつとして登場するあの有名なタリム河の跡である。このあたりの歴史や探検記等に何も興味がない人にはただの砂漠の干上った川の跡であろうが、ヘディンの『さまよえる湖』で世界に目ざめた自分としては、さっきまでのカラ・コシュンといい、このタリム河といい、ながいこと夢に現《うつつ》に憧《あこが》れを抱いていたいわば〝目に見る伝説の地〟そのものである。

この同じ旅の記録を長澤和俊教授が『楼蘭古城にたたずんで』（朝日新聞社）にまとめているが、長澤教授はおそらく現代この西域全般の考古学に最もくわしい学者であろう。そのあたりのことを淡々とこう書いている。

「十二時五十分、現地でタリム河と呼んでいるワジを通過した。ここがかつての南下したタリム河の末端なのだろう。幅約三十メートル、深さ六、七メートルで、砂も深く、自動車にとってはなかなかの難所である。自動車隊の指揮者が一台一台のドライバーに指図し、一気に駆け下り、駆け上がるという有り様で、キャンターや大型トラックが轟々《ごうごう》と急坂を上がってくるのは、なかなか迫力があった。いまわれわれが辿《たど》っているコースは、トンリクから北進し、かつてのタリム河の末端を横切り、すっかり干上がったカラコシュン湖底を経て、ロプ湖底を北上する道なのである」

このタリム河越えでは何台もスタックした。ウインチと車用の鉄橋を使ってとにかく強引に引きあげ、さらに進む。そこから一時間ほど進んだあたりで小休止となった。

近くに葦《あし》で作った家らしきものの残骸《ざんがい》があった。長方形で長い方の一辺が四メートル、短い方が二メートルくらいの小さな家である。残骸といっても地面から家の土台ぐらいの高さに細長い葦の束が突き出ているだけのもので、何百年前のものかわからないが、その上部は常に吹きつける風によって細く鋭くとがっている。

「漁師の家であったのかもしれないですね」

フトメの安田が感慨深げに言った。その安田の足もとから五、六メートルもはなれていないところに砂に埋もれた人間のドクロがあった。きっとそのあたりを掘ればもっと沢山の骸骨が出てくるのだろう。

自動車隊は再び進みはじめた。すでに米蘭から九十キロ入りこんでいる。再び湖底らしき一帯に突入した。しばらく走って早くもまた隊列は停止した。中国隊のトラックが深い砂の中にスタックしたようであった。小休止の時間にそのあたりを歩いてみた。

塩皮殻というのは一見とことん乾きあがって固くしまった土のように見えるが、その上を歩くと「ボソリボソリ」となんだか困ったような音をたてて靴のまま五、六センチぐらい沈んでしまう。雪の上を歩くような気分のもので、振りかえるとマンガの足あとみたいに自分の歩いてきた跡がそのまま残っている。その足もとにいくつも白い小さなものが見えた。はてなんだろう、と少し腰をかがめたとたんにそのモノがなんであるのか——がわかった。

白い巻貝である。視角をすこし広げると、そういう巻貝がそのあたり一面におびただしい数でころがっているのがわかった。砂漠に巻貝というのも実にヘンテコな組みあわせである。いや、ヘンテコというよりも、何かとてもしみじみと悲しい風景でもある。

間もなくまわりにいた人々が口々に「ロプノール、ロプノール」と言っているのに気

突然、葦で囲われた住居跡のようなものを見つけた。近くにむかしのロプノールがあるから漁師小屋のようなものか——

いたるところでスタックの連続だった。ウインチと人海戦術でひとつひとつ乗りこえていく

がついた。そうなのであった。

我々はタリム河をこえて早くもロプノールの湖底に入ってきたのである。

そうか、ここがロプ湖なのか——。

頭のうしろあたりがガンとあつくなった。小学生の頃に図書館で見つけた『さまよえる湖』を読んで、はじめてこの謎《なぞ》につつまれた湖のことを知り、いつかそこへいける時があったなら……と夢のようにして思い抱いていたその永年の幻の湖にいま自分が立っているのである。

見わたすぐるりは一面の茶色い広がりであった。このあたりは砂が表面で固まっているので、あの砂嵐《すなあらし》の時に砂塵《さじん》があまり舞いあがらずにすんだらしく、天空は青く澄んですっぽり抜けている。見わたす湖底のすべてに白い巻貝がころがっているようであった。

このあたりはまだ楼蘭古城の圏外であるから規制の対象にはならないだろう、と判断し、巻貝を三つほどフィルムのプラスチックケースの中に入れた。ロプノールの巻貝であるからこれは貴重である。

小休止が終って、自動車隊はそこからロプノールの湖底を猛然と進みはじめた。吹きわたっていく風では舞いあがらなかったが、自動車のずぶりと沈むタイヤの回転が、カラ・コシュンの湖底よりもはるかに大量の砂埃《すなぼこり》を捲《ま》きあげる。ロプノールの湖底を突っ走って楼蘭まで迫っていくコースを行くのは歴史上我々がはじめてらしい。それはすご

かつてのロプノールの湖底で昼寝をする。贅沢な時間である。風が髪の毛と足のうらをくすぐっていく

三センチほどの白い巻貝があたり一面ちらばっていた。まぎれもなくロプノールのかつての命の跡だ

いが、まったく水のない湖の跡の底を走っていくのはどうもむなしい。千数百年前にここがまんまんと水をたたえていた頃の風景をなんとか思い浮かべようとするのだが、目の前をいくつもの巨大な竜巻状の砂埃を横にころがして突っ走っていく車の列を眺めながらでは、どうもそれは難しかった。

またトラックが砂に車輪をとられて、スタックした。ウインチを使い、大ぜいの隊員が車体を押して脱出させようとしたがクルマそのものの車輪がエンジンの力で回転しない。エンジンは回転するのだがクラッチが壊れてしまって操作不能になってしまったようだ。しばらく自動車隊全体で修理を待っていたがメドがたたず、ついにそいつを残して先に進むことになった。

七時三十分。米蘭から百三十二キロの地点でキャンプとなった。出発して十時間かかっているから単純計算して一時間に十キロちょっとしか進めなかったことになる。日没は八時すぎだから急いでテントを設営する。空気はとまり、あの砂嵐はそこでまた大量の砂塵を捲きあげていたらしく、大気は砂塵で濃密に充満しているように思えた。

高さ四、五十センチの枯れた細い木があちこちに申しわけなさそうに生えている。年ごとにそのスケールを収縮させているロプノールが小さくなっていたときに生えた木の残骸なのだろうか。

食糧用に連れてこられた羊たちが心細げに鳴いている。

赤いメサ

砂塵《さじん》の三軍大移動
糞食《くそ》い土食い
暁の羊逃亡事件
夕陽に燃える赤いメサ

雲はなく、風も止まっており、上空はつきぬけているようなのだが、砂塵に覆《おお》われているのでおかしな気配の夕闇《ゆうやみ》になっていた。

黄土色の海の底にいるような気分である。風がないと、砂漠は基本的に無音である。もしここに一人でいるとしたらこの黄土色の〝無〟は少々おそろしい。米蘭にいるときに吹いたあの程度の砂嵐でこれだけ空気に砂がまじり、空中にとどまってしまうのだから、もっと本格的な砂嵐がきたらどうなってしまうのだろうか、ということを、空を眺めながらぼんやり考えていた。

飛砂走石　天昏地暗　伸手不見五指

というのは中国の砂漠の黄塵万丈の様子を述べたものだ。ひろげた自分の手の指が見えないというのだから話はおだやかではない。

ゴビやタクラマカンは黄砂の発生源で、砂嵐《すなあらし》によって捲《ま》きあげられた砂塵は偏西風にのって日本の方向に移動する。

黄砂の日本の降下量は季節の単位でみるとたいしたことはないが、この砂塵の移動は地球がはじまってからずっと続いているわけであり、そういう歴史単位でみると油断のならない量になる。もっともしかし油断できないといっても用心のしようがないからどうも困る。どのくらい降り積もっているかというとこの十万年間で一平方メートルあたり二〜三トンにもなるというのである。土の厚さにすると百三十〜二百十四センチにもなるという。

どうもそうなると日本というのは、中身は日本のものであっても、その表面は中国の砂でできているような気がしてくる。

黄砂は日本だけめがけてどさどさ降りてくるわけじゃないだろうからそれをはるかに上回る量が日本海に落ち、さらに日本を通りこしてその先の太平洋にも落ちていることになるわけだろう。

中国の砂漠からやってくるのは黄砂だが、北西貿易風が捲きあげるサハラ砂漠の砂は「ハルマッタン」と呼ばれる赤砂で、これは西アフリカ方向へ流れ、大西洋をこえて西インド諸島やアメリカあたりまで飛んでいく。赤砂が雨にまじると赤い血のような雨になり、むかしの人々は悪いことがおきるとひどく怖《おそ》れたらしい。

砂は風によってどんなふうに飛びあがるか、ということに興味をもっていろんな文献をあさっていたら『風のはなし』（伊藤學《いとうまなぶ》編＝技報堂出版）という本に出ていた。

その飛び方（移動）には三つのスタイルがある。

まず〇・五ミリ以上の大きい砂は地表をころがっていく。これを「転動」という。わかり易《やす》いのだ。

〇・一〜〇・二ミリぐらいの砂は、地表面を跳ねながら移動する。跳ねあがったのが落下してまた跳ねあがって進む場合と、それによって他の砂を跳ねあげる場合がある。これを「跳躍」の移動という。わかり易い。

〇・〇五ミリ以下の微粒子状の砂になると強風で空中に浮いたまま長距離を移動していく。これを「浮遊」移動。これもわかり易いのだ。

砂というのはつまりこの「ころがる」のと「はねる」のと「うきあがる」のが激しくまじりあいながら移動していくわけで砂嵐の攻撃もその内部は三軍体制になっているのだった。〃浮遊群〃はつまりは空軍である。そしてこの〇・〇五ミリ以下の浮遊群が黄砂や赤砂になってやがて世界の空を覆う。

『気象と文化』（関口武《たけし》著＝東洋経済新報社）に、戦争が赤砂をつくった話が出ている。

第二次世界大戦の北アフリカ戦線では、ロンメル将軍麾下《きか》のドイツ機甲師団と、イギリスのモンゴメリィ、アメリカのパットン両将軍の指揮する連合国機械化軍団の壮絶な砂漠の戦闘がくりひろげられた。

両軍合わせて千数百台の戦車が砂漠を激しく動き回ったわけだが、このとき砂漠の砂は戦車のキャタピラに踏みつけられ、激しくえぐられ、かきまわされた。

「元来、砂漠の砂の表面は、長期間、風雨にさらされている間に、飛びやすい細かい砂粒や、流されやすい礫《れき》などは運び去られてしまい、残った小石や砂粒が堅くくっつき合い、舗装の悪いグラウンドのような状態になっている。これをデザート・ペイブメントという。人が歩いた程度では足跡もつかない」(同書)

戦車による大戦闘はこのペイブメントをすっかり破壊し、それらを風に飛びやすくしてしまった。ソ連のコーカサス地方の氷河の中に堆積《たいせき》した北アフリカの砂が、この戦闘のあった一九四二〜四三年にきわだって増加していることから、このことがわかったのである。

ぼんやり空を眺めていろいろなことを考えていると「めしだあ!」の声が聞こえた。羊肉入りのウドンであった。ウドンは中国製の乾麺《かんめん》である。黄塵の中で料理しているから、おそらく砂がいっぱい入っている。砂漠の旅はどうしても沢山の砂を食うことになる。

中国には「功成食土」という言葉がある。文字だけ見たときは、土を食べるぐらいの貧乏をしていても頑張れば功成り名をとげることができる、というようなことかな、と思ったら違っていた。功績をもって領土を授かる、という意味らしい。

空腹なので砂入り羊ウドンは実に感動的にうまい。唯一《ゆいいつ》の新鮮な肉として生きた羊を沢山連れてきており、これを毎日一頭ずつ殺していく。

羊たちもしだいに仲間の数が減っていくので、どうも様子がおかしい、何かヨクナイことがおきているようだと薄々気づいているフシがある。夜更《よふ》けに悲しげに啼《な》いている。中国人はブタ料理好きなので、最初は生きたブタも連れてくる話があったらしい。しかしブタは羊よりも餌《えさ》を沢山必要とするのでやめたらしい。

中国の昔の便所は圂《こん》といって、昔の中国の豚をあらわす文字「豕」を囲むと書く。これは便所の下が豚小屋になっていて、豚を人糞《じんぷん》で飼っていた。だからその気になればわが一連隊が豚の餌をかなり潤沢に提供することができたのだが、中国隊ではそれは議題にのぼらなかったのだろうか。せっかくの自給自足の一助が果せたのに残念である。

少々豚にこだわるが、豕の上に屋根をつけると「家」になる。庭をつけて「家庭」、族をつけて「家族」。これは中国では古代から豚が農民の家族の一員であったことをあらわしているらしい。

中国は「一人に一頭の豚を」とか「人民による人民のための豚を」という標語を掲げて豚増産運動を続け、一九四九年頃から急速に豚の数が増えたという。ブタは糞は勿論《もちろん》、土までも食べてしまう。ブタの糞からは大量の土が混ざって出てくることが多いらしい。『土の100不思議』（日本林業技術協会編＝東京書籍）で初めて知ったのだが、驚いたことに土にも栄養があるのだ。そういえばミミズなどは土が主食で、とにかく一日中土を食っている。ミミズというのはたとえていえばひっきりなしに土を体の中に通過させて進んでいくクネクネしたパイプみたいな生き物らしい。

で、土の栄養分なのだが、「泥炭土《でいたんど》の有機物含量は五〇〜九〇％で、そのうちの三分の一ほどが炭水化物と考えられる。炭水化物の熱量を一グラム当り四キロカロリーとすると、泥炭土一キログラム当り、六八〇ないし一二〇〇キロカロリーとなる。しかしセルロースなど消化できないものが大部分を占めるので、熱量値はさらに下がる。ちなみにでんぷんの熱量は一キログラム当り四二〇〇キロカロリーだから土の食物としての栄養価はかなり低い」（同書より）

なるほどそれならはるかに養分がありそうな糞を食べるのがよくわかる。

フロリダのインディアン、ヤグース族に関するもっとも古い記述（一五三六年頃）によると、彼らは糞便を食糧にしていた、と『スカトロジー大全』（ジョン・G・ボーク著、ルイス・P・カプラン編、岩田真紀訳＝青弓社）に記してある。

このインディアンが食べていたのは、植物の根、クモ、アリの卵、ミミズ、トカゲ、サンショウウオ、ヘビ、土、木、シカの糞などであったという。

またカリフォルニアのインディアンは、ピタハヤという巨大なサボテンの種を食べるが、消化されないままに排泄《はいせつ》されたその種を大便の中から取り出し、火であぶってすりつぶして食べる。フィリピンのイガロッテ族は殺したばかりの水牛の液状の糞を生の魚にソースとしてかけて食べるという。これなんかはけっこううまそうではないか。

あたりが闇につつまれてきたのでヘッドランプをつけると、ライトの光が空中の塵《ちり》に反射して、まるで霧の濃い夜の燈台《とうだい》の光の束のようになった。砂塵がフィルターになっているので、昼の光の量がいつもと違っており、夜は星があまり見えない。そういうところまで砂嵐が影響を残すとは思いもよらなかった。

逆にいうと、こういう砂塵のない時の砂漠というのは、太陽の光が直接砂に反射するのでおそろしく目に眩《まぶ》しい。

太陽エネルギーが地表に届く率が世界で一番高いのはサハラ砂漠である。中央サハラの西部のあたりは、二十五年の観測で、一年のうちで全く雲のない日が少ない年で百日、多い年で二百六十六日をかぞえたという。

こういう雲ひとつない晴天の日というのは、太陽が落ちると闇がいっぺんにおとずれる。昼間の反射の分を含めたとてつもない明るさと夜との落差がつまりそれだけ大きいのである。

夜になると何もやることがなくなる。寝るまでの間おれは作りかけの木彫りの人形をナイフで削ることにしている。こういう旅に出ると、おれはそうやってよく何かの手づくりの作業をすることにしている。石を削ったり木を削ったり。

今度の旅では五センチ角、長さ二十センチ程の木で鳥をつくっていた。楼蘭に着くまでに完成させ、そこに幕営している間テントの外に出して、太陽と月の光をたっぷり浴びさせ、砂漠のエネルギーを吸い込んだ〝木彫りの神〟のようなものにしよう、と考えていた。ヘッドランプの光の中で少しずつ削っていく。嘴《くちばし》をできるだけ長くすることにした。

翌朝六時起床。

配給の一人一日二リットルの水を少し使って歯をすすぎ、ネコのようにして顔をしめらせ、それで洗ったつもり。炊事テントに並んでおかゆの朝食をもらい、ややふるえながらそれを食べた。砂漠の朝は羽毛服が必要だ。食べ終った食器は砂で洗う。水より少し時間がかかるが、こまかいやすりをかけたようなものだからかなり強引に綺麗《きれい》になる。

細っこい原がウェットティッシュを持ってきていた。

油のついた食器はこれで拭《ぬぐ》うのが一番いい、ということがわかった。円筒形の中に濡《ぬ》れたティッシュペーパーがぎっしり入っており、そういうものがある、ということは知

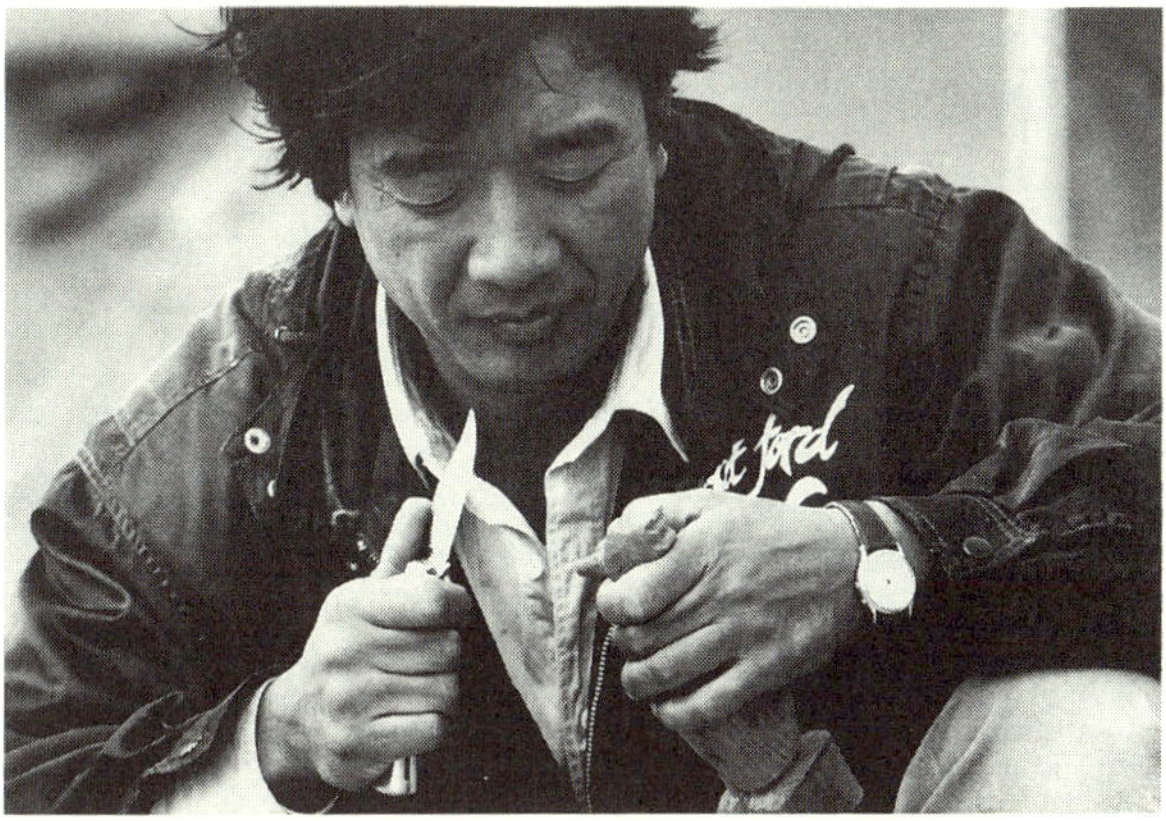

砂漠の旅は夕めしをたべるとながいながい自由な時間があるので
〝神〟はどんどん形になっていく

っていたが、何かひと目で「こざかしいやつ」というふうに思い、いままで手を触れずにきた。

しかし砂漠の生活ではこれがオソロシイぐらいのスグレモノなのであった。残念なことに細っこい原はこれをわずか二本しか持ってこなかったのですぐ無くなってしまった。

中国の自動車隊の人も中国製の同じような濡れティッシュを持っていた。中国もなかなかたいしたものなのだ。ただし中国製のはアルミ箔《はく》包装したものでけっこうカサばるしゴミが沢山出るし、包装状態の悪いのもかなりあって使いものにならなかったりする。これを円筒形の容器にかためて入れてしまい、小さなオチョボロのようなところから出ている一枚を引きだすと、次の一枚が従順な世話女房のようにきちんとかしずいて待っている、というようなしくみにしてしまうところが、すなわち日本の小手先技術の粋なのだろう。しかしそれもなくなってしまっては話にならない。中国隊の人はどうも日本の商品はカッコばかりよくてもすぐなくなってしまい、あまり実際の役にはたたない、というふうに思ったようだ。そこで再び食事がおわるたびに砂でごしごし食器を拭《ふ》いているのを見て、運転手のスンさんが見かねて何枚かわけてくれた。

轡田隊長がトイレットペーパーの不足を憂慮して米蘭のヨロズヤで見つけ「コレハ！」とよろこんで買い占めてきた「高級衛生紙」というのも砂漠の旅にはすこぶる便利だった。広げると通常のチリ紙の四倍ほどの大きさがあり、色はなまめかしいピンク。紙質はチリ紙よりやさしく柔い。大きいので砂埃《すなぼこり》の中で食糧を広げたときの砂よけの覆いにも便利だし、スイカや哈密瓜《ハミウリ》を切った時のラップがわりにも最適だった。それにしてもこのでっかいチリ紙はいったい何に使うのだろう？　と思っていたが、あとでそれは中国女性の生理用品であるということがわかった。

生理用品でも便利は便利なのだ、と正体がわかっても動じないふりをしたが、中国隊の人々はこれでまた相当に日本および日本人を誤解した筈《はず》である。

すっかり荷物をルーフの上に積み上げ、相変らずのあの激しい洗濯機攪拌《かくはん》的震動に耐えられるようにロープで頑丈にそれらをくくって待っていたが、中々出発の合図がない。

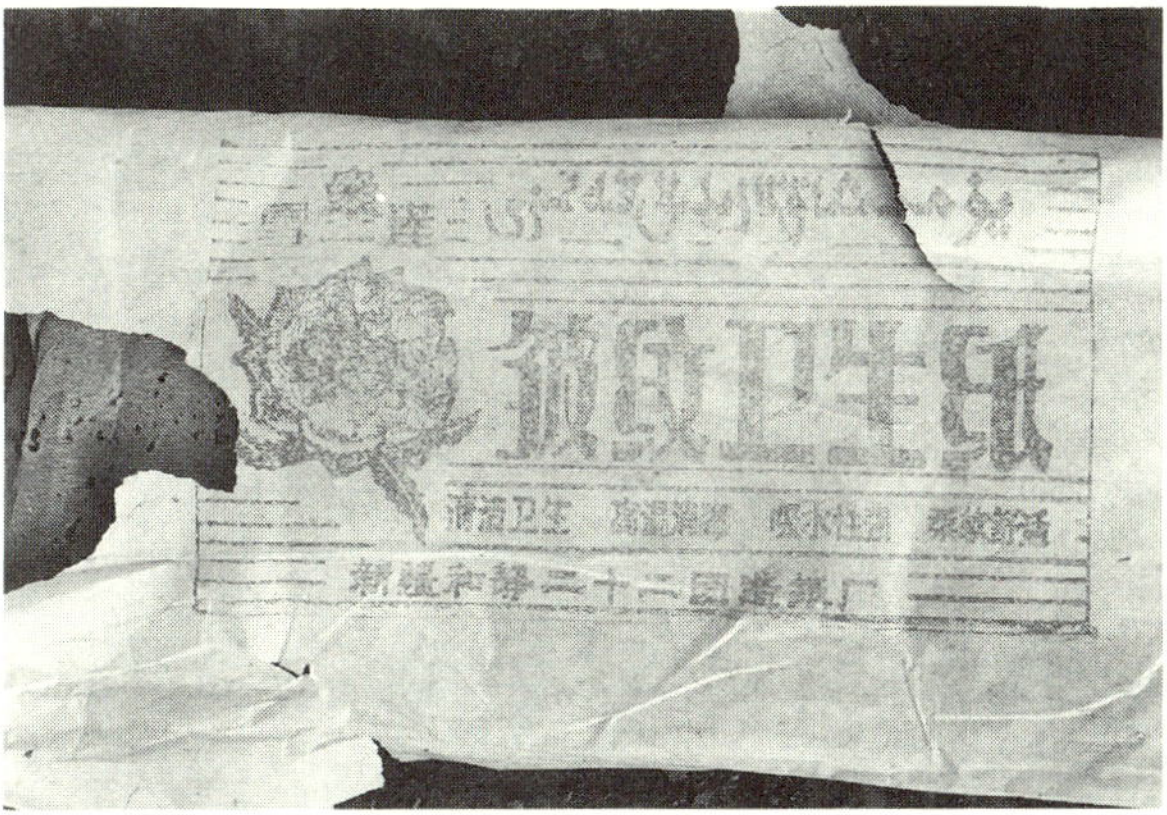

食糧の保存やホコリよけの覆いなどに重宝した大型の薄紙は、よく聞くと女性の生理用品だった

「どうしたのかな?」などとフトメの安田などとぼそぼそ話していると隊列のむこうのほうから何か騒々しい声が聞こえてきた。

「羊が逃げたぞ!」

誰かが叫んでいた。同時に中国隊の数人が遠くをわらわら走っているのが見えた。

逃げ出した羊は三頭らしい。どうやらついにかれらもこの隊で毎日何が行なわれているかわかってしまったのだろう。散開し、次々に追っ手のふえていくむこうに、白いふかふかしたものがころがるように走っていくのが見えた。

大切な食糧の逃亡だから追う方も必死だが捕ったら食べられてしまうのだから逃げる方はもっと必死である。もっとももしかし追っ手から逃れることができても、この何もない砂漠の中では確実に死んでしまうだろうが。

間もなくクルマまでこの捕り物に参加しはじめた。固い塩皮殻の上を走っていくからクルマのわだちが電車の線路のようにくっきり残されていく。

羊たちは一時間後に漸《ようや》く捕った。羊たちの〝自由および死への逃亡〟は失敗に終った。なんとなく隊全体がひと息ついていると、ふいにバラバラと雨が降ってきた。

年間雨量二十ミリというこの砂漠で雨に遭遇というのは凄《すご》いことである。乾ききった砂に落ちてくる雨がボコボコと土の上で音をたてる。雨の染《し》みがひときわ黒い。運転手のスンさんがその雨を利用して埃だらけの車体を拭おうとでも思ったのかボロ布をひっぱり出してきた。しかしこの突然の雨はあたりをうっすらしめらせる、ということにもならないうちにやはり唐突にやんでしまった。

「うーむザンネン……」

などとつぶやいていると「本日の出発は中止になった。第一キャンプに本日もう一日停滞」という連絡が入った。いろいろなことがたて続けにおこる朝である。

停滞の理由は、トラックが三台とも壊れてしまったからであった。いずれもフランスのペルリエ社製の通称タゴールという八トン積み六輪駆動車で、その走るさまはまさに〝砂漠の戦車〟を彷彿《ほうふつ》とさせるのだが、この頑丈なのがタクラマカンに入って初日で早くも半数以上が壊れてしまったのだ。もっとも聞くところによるとこのトラックはいず

食糧の羊が逃げた。一大事である。みんなで必死になって追う。なかなかつかまらない

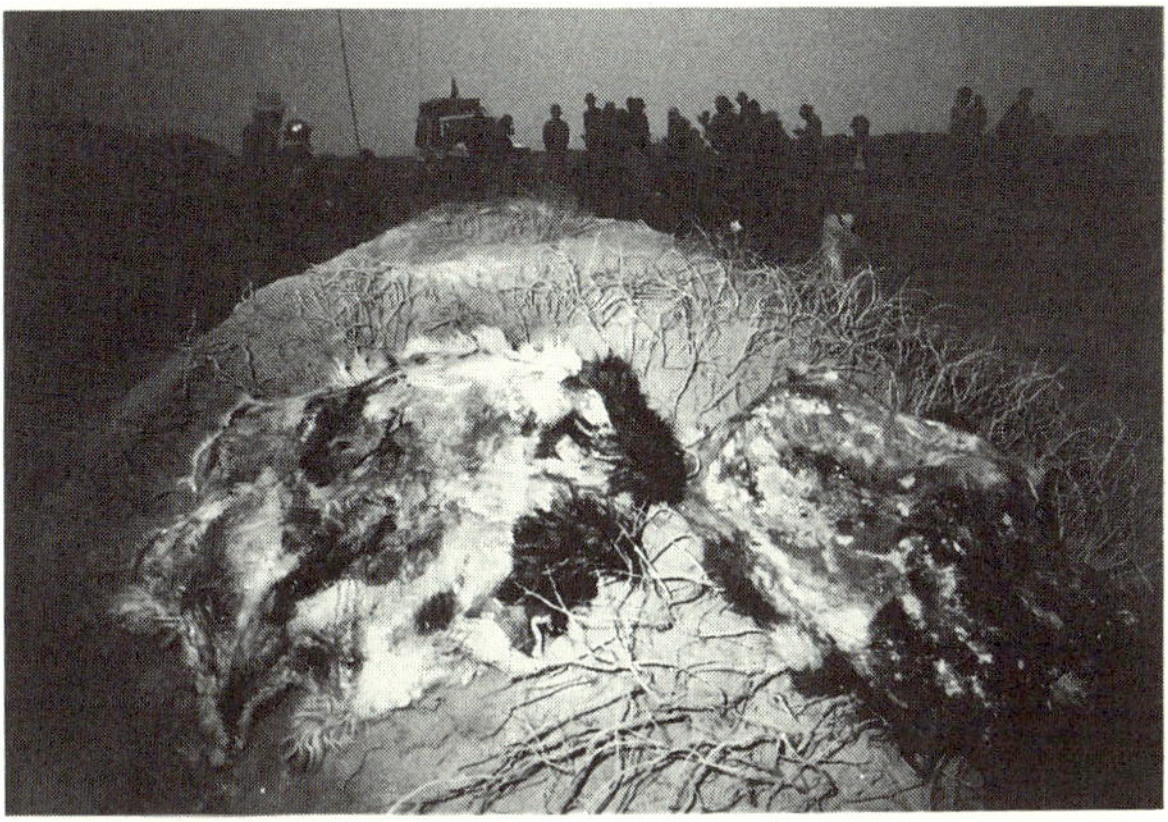

第一キャンプで羊が二頭減った。その毛皮が干されている。キャンプするたびにこの毛皮が増えていく

れも数十年使った老朽車らしく、なんとなく第二次大戦のニオイがする。

三台とも壊れた個所は違っていたが、一番ひどそうなのは、車体と運転席の連繋具《れんけいぐ》が壊れてしまったという一台で、これを修理するには修理工場にでも持っていかないと絶対無理のように思えた。これらのトラックは食糧やガソリンを積んでいるのでどうしても放置する訳にはいかない。日本隊の中崎、原の二人のメカニックと、中国隊の技術者が奮闘を強いられることになる。

他の隊員はいきなり休みになってしまった。

羊逃亡騒動を高さ三メートルほどの小さな砂の山の上に登って眺めていた日本人隊員が、砂の中に半分以上埋っていた大ぶりの木の道具を見つけた。丸太をくりぬいて中空にしたような形をしており、中に心棒のようなものが入っている。ちょっと見たかんじでは巨大な水鉄砲のような形だ。遊牧民のバター茶づくりの道具か、あるいは酒づくりの道具か、いや農民が裸麦の脱穀に使ったのではないか？　中国隊の考古学にくわしい隊員をまじえていろいろ推測したが正確なところはわからない。ウルムチの新疆考古研究所に持ち帰って調べることになった。

さてしかしいきなりもらってしまった自由時間をどうしようか、少々面くらいながらそのあたりを歩き回った。

いちめんの塩皮殻である。スコップで掘るとまさしく地表を覆《おお》う殻のようで、五センチぐらいの厚さがある。この地表のヨロイのような堅さは少々異様でもある。どうしてこんなに堅くなってしまったのか。まあここは何千年も水をたたえていたところであり、干上ったあとも何百年も水なしでやってきたのだから、地表だっていろいろ困惑したり用心したりしているだろう。塩皮殻を構成しているのはそれまでのルートにずっとひろがっていた粒の大きな砂ではなく、粒子の細かい土のかたまりである。どうしてここは砂がないのか。

「ここまで流れ込んでいる全長二千二百キロのタリム河も、流れの終着点であるロプノールまで粒子の大きな砂をはこべなかったのではないか」という説と、「細かい土は粒子間の粘着力が強いので風に飛ばされにくいが、大きな砂はそっくり風に運ばれてしまったのではないか」という説が、その現場でかわされた。もともと長い間水の中にあったのだから、干上ったままでいればデザート・ペイブメントの状態になっていたのだろう。やはり固くひきしまった土の小さな丘の上に、枯れたタマリクスの枝が、巨大な針山のようになって突き出ている。長い時間を地表を吹きわたっていく風に削られているからなのか、このあたりのタマリクスの小枝は先端がみんな針のように鋭くとがっている。砂漠の風は砂をはこび木を削るだけでなく石にも穴をあけてしまう。木を削り、岩に穴をあけるのは強風と一緒に飛んでくる砂粒のしわざだ。地形によって風のぶつかる方向がある規則的なコースをたどって飛んでくると、そこがしだいにくぼんでいく。少しでもくぼみができるとその中で風が渦巻き、砂粒がくるくる回って研磨作用を行なう。気の遠くなるような時間この連続が行なわれていって、やがて堅い岩に穴があいてしまうという。

漁師や山で仕事をしている老人にとても素晴しい皺《しわ》がきざまれているのも、このながいこと吹いてくる風の削り作用と関係があるのかもしれない。

夕方までとにかくそのあたりをうろうろし、いろんなことを考えながらすごした。ずっと空を覆っていた砂塵《さじん》が、夕方近くになって漸く薄れてきて、素晴しい夕陽がさし込んできた。夕陽のあざやかな赤い色が地平線の先の巨大なメサ（風食をまぬがれた水成岩の丘）を赤く燃えあがらせている。

死者と生首

月と生首
銀河系の夜
死者たちの胡楊《こよう》

砂漠の夕陽はたとえようもないほど美しいが、陽が沈むのと同時に冷気が容赦なく迫ってくる。

テントに入ってヘッドランプのあかりで本を読む、というのもいいが、夕食をたべないことにはどうも落ちつかない。なんとなくうろうろしていると、ギプスの永島とフトメの安田が「鍋《なべ》をやりましょう」などと声をひそめて言うのである。

「え！　ナベ？」

「しーっ」

ギプスの永島が怪しくさらに声をひそめる。

うーむそーか。砂漠の旅にはこういう思いがけなくのんびりした時間もあるだろうと

フンで、このあやしいめんめんの誰かが日本から秘《ひそ》かに簡易鍋料理セットか何か持ってきたのかもしれない。日本のレトルト食品やフリーズドライ食品の技術は相当に進んでいるから、そのようなものが開発されているのかもしれない、と思った。

薄暗くなった塩皮殻砂漠のあちこちに人のかたまりができているが、ギプスの永島とフトメの安田はそのうちのひとつのかたまりにおれを連れていった。

細っこい原と悩める田川副隊長の顔が見える。他にドキュメンタリーチームのめんめんと朝日新聞の記者一団。

塩皮殻の固い砂を掘りおこし積みあげて、中華大飯店の厨房《ちゅうぼう》もこいつはまいりました、というくらいの立派なカマドができている。もうタキギが燃えていて、その上に、鍋ではなくて、中国製のあの巨大な缶詰がのっている。その中に何か目新しい秘密のスキヤキでも煮えているのかと思ったら、なんのこともなく、いつもと同じ錫《すず》味缶詰の野菜のうま煮である。

「こうして加熱するとけっこうイケルのですよ」細っこい原が自信にみちた声で言った。

暇な男たちがそれを囲んでタマリクスの尖《とが》った小枝で交互に中のものを突っついている。

おれもタマリクスの小枝をもらい、少し突ついた。なるほど錫入り缶詰もそうして熱を通すと中々うまい。

「これでビールでもあればなあ!」

誰かが禁句を言った。

「そうだよなあ！」

誰かが禁句にこたえた。

砂漠の夕暮は刻々と闇《やみ》を増していく。

朝日新聞伝送部の肥沼さんがさっきからしきりにダイヤルを回していた短波ラジオに、いきなり日本語が入った。ラジオジャパンの海外向け放送であった。アナウンサーは女

枯木を集めてきて小さなかまどをつくり、大型缶詰を煮る。火を通すといくらかカナケが消えてややうまくなる

性であった。久しぶりに聞く日本人女性の声がとにかく嬉《うれ》しい。我々は口をつぐみ、耳をすました。

「日本はリンゴ、カキ、ブドウを、台湾、アメリカ、カナダ、中東、ヨーロッパに輸出し、とくにカナダに輸出しているおいしいミカンは好評である」

——ということを我々は知った。

さらに、

今年のスルメは、太陽のほどよい照射時間に恵まれて〝うまみ〟がとても濃いらしい、ということも知った。どちらも知ってどうなるということでもなかったが、しかし我々はうっとりとそのドウデンさんと名のるアナウンサーの声を聞いていた。

その夜、星が凄《すさ》まじいほどに綺麗《きれい》だった。昼も夜もずっと空を覆《おお》っていた砂塵《さじん》が去って、地表から中天までの大気が漸《ようや》くつながった、というかんじであった。

テントにもぐってしまうのがもったいなくて、テントの入口にヘッドランプをぶらさげて、木の鳥を彫っていると、臼井記者があの例の肩から野外原稿書き用のガバンとエンピツと消しゴムをぶらさげた第一基本装備でふらふらやってきた。おれがそうして暇の折々に木の鳥を削っているのに興味があるようだった。そして彼もこの少々の停滞の暇にまかせて話を聞きにきたようであった。

「その鳥を彫ってどうするんですか？」

と、記者は質問した。

「これはですな。つまり神です」

「神？」

「いや正確にはまだ神じゃないですが、楼蘭に着くまでにこれを完成させて、最初の晩に月の光をあてて楼蘭の神にするのです」

「ふーむ」

ヘッドランプの灯の中で、臼井記者の頬がややヒクついたのを見逃さなかった。

「神になりますか」

「なります！」

おれは断言した。

「一晩中月の光にあてておくのです。ならないわけがない」

「ふーむ」

「そうして日本に帰ったらこの鳥神様をご本尊に楼蘭教の教祖と化して髪ふりみだし、全国津々浦々を走り回って一大宗派を築くのです。あなたも早いうちにひとくちどうですか!?　キェーッ！」

などなどと訳のわからないことを叫んでいると、臼井記者はやがてじりじりとあとずさってどこかへ行ってしまった。

夜更《よふ》けに、小便をするためにテントから出た。時間はよくわからなかったが、キャンプ地にもう人影はなく、近くの大型テントからいびきの多重奏が地面を這《は》うようにして聞こえてくる。目をつぶっていれば田舎の田んぼのカエルの合唱のように聞こえるかもしれない。

カマドにわずかに火が残っていた。そのカマドのそばに羊の生首が「でん」と置かれている。その真上に月だ。月の白い光が大地に垂直に降りてきている。「月と生首」はアンリ・ルソーの絵のようだ。

月のまわりはさすがにぼやけているが、でも少し距離をおくとあとはいちめんの星であった。オアシスの米蘭で見た星空も凄《すご》かったが、植物の蒸気がないぶん、砂漠の星はあられもなく〝多すぎる〟。

満天の星

というだけではモノ足りない気がする。満天の星の三重がさね、満天の星のオールスター戦……。

もともとスターだらけなのだからオールスターといってしまうとちょっとおかしいことになるか。とにかく頭上の星は、あたり一面さえぎることのない百八十度の巨大な宇宙ドームの中に、びっしりと敷きつめられ、しかもかれらはひとときも静止することなく、中天のいたるところで輝度を変えていた。

これまで随分世界のいろんなところでものすごい星空を見てきたが、これほどの凄まじい星空を見るのははじめてであった。星が空にこんなにも沢山ある、というのが息苦しいくらいだった。

おれは閉所恐怖症なのだが、その日の夜は、茫々《ぼうぼう》たる宇宙空間という概念を視覚の上で保っているのが少々つらかった。空間は星で埋めつくされ、星が厚い天井をつくっているようにも思えた。星と星のスキマに辛うじて夜の闇がある。

しかもそれらの星の群は、何かの歌にあるように、〃やさしく静かにさやけくまたたく〃というような、甘いロマンのかおりもへちまもなく、もっと強引で図々《ずうずう》しく、さらに騒々しくさえあった。密集したかれらは三重がさねの星の天井のいたるところから、

「どうだどうです！　もっと見て！　こっち見て！」

と饒舌《じょうぜつ》にさわいでいるのである。どの星も自分を見てもらいたくて見てもらいたくて、わざとらしくチカチカと身をふるわせるようにして激しくマタタキ、腰をゆすってシナをつくってみせる。

「もっとちゃんと見て！　見なくちゃイヤ！」

などと、中天のあちこちでうるさくそう言うのである。見上げるほうはとりあえずこのあたりにおれ一人しかいないから忙しい。西南の方向を見あげていると北西や東南の星たちがたちまち嫉妬《しっと》してさらにうるさくチカチカやる。

「わかったわかったすぐそっち見るからな、でもちょっとだけだよ」

などとつぶやきつつ、あっちこっち均等に見てあげるのである。

その間にも流れ星がはっきりと尾を引いて落ちていく。空気が澄んでいるから、流れはじめから流れ終り（ヘンな表現だが——）まですっかり見えるから、流れ星の滞空時間が長い。しかもあっちこっちでひっきりなしに流れている。


流れ星が消えるまでに願いごとを三回言うとそれがかなう、なんて話を聞いたが、砂漠ではみんなかなってしまう。あまり有難味がないのだ。

北の方向で、北極星が惑星のように怪しく大きく強い光を放っている。

夜の世界の〝神の光〟があれだ！　と言われたら「ハハー」とひれ伏してしまいたいくらいの畏怖《いふ》を感じる。

おれはテントに戻り、大いそぎで木彫りの鳥をひっぱり出し、テントの前に置いた。まだ完成していないが、少しずつこの満天の星に慣らしておいたほうがいいだろう、と思ったのだ。ついでに羽毛服を引っぱり出してはおった。星のドームも凄いが、細長い雲のようになってつらなる「天の川」をもう少々見ておきたかった。

天の川はまさしく夜空にかかる白い星の川である。凸レンズ形になっているという銀河系宇宙のいまの凸レンズの方向がわかる。太陽系は銀河系島宇宙の中心部からだいぶはずれたところにあるらしい。銀河系島宇宙の田舎、辺境に位置しているらしい。そうして相変らずぐるぐる回っているらしい。そうしてあの天の川としてかかっているはるかな白いもやもやしたもののひとつひとつが星や星雲で、それらのひとつひとつは太陽系よりもはるかに巨大なスケールのものがいっぱい密集しているらしい――。

――と、コウベを垂れて頭の中で理解するのだが、再びコウベをあげて頭の上のそれらを眺めると「んなバカな！」と思わざるを得ない。あの白いもやもやしたもののひと

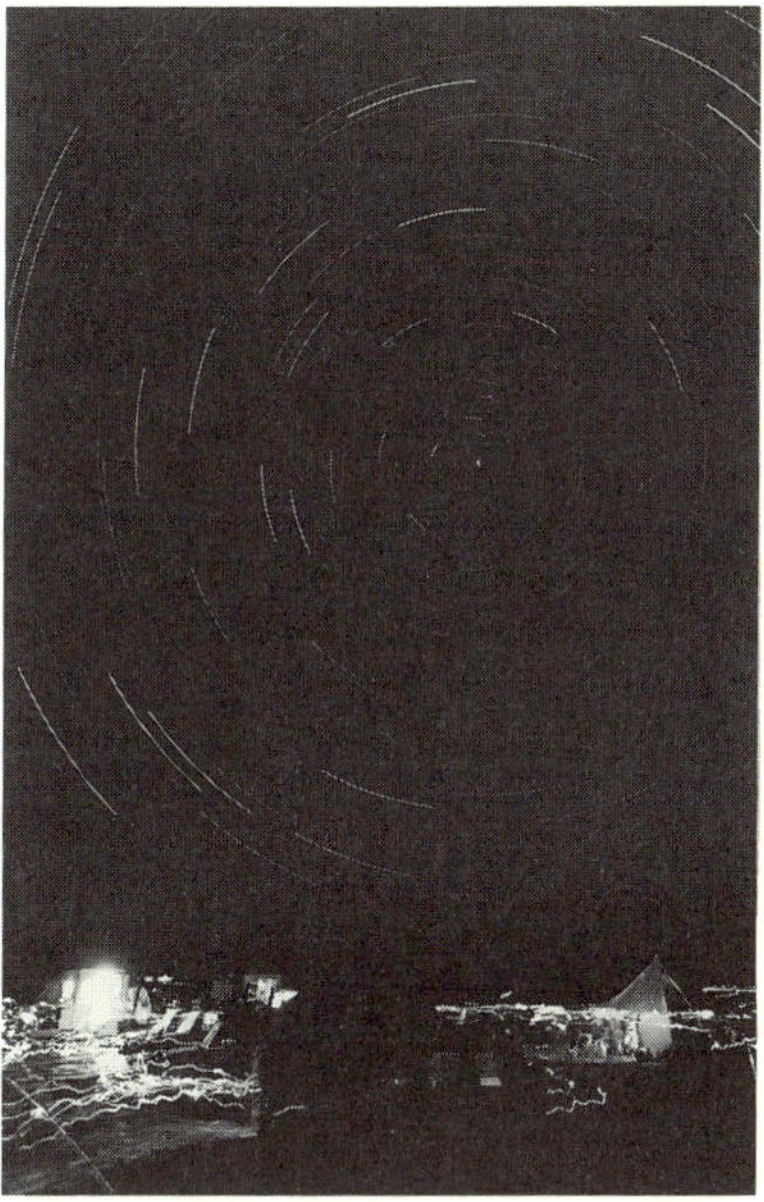

満天の星の下でのキャンプ。天空写真をとると星は天空をたしかにぐるりと回っているのだ、ということがわかる（撮影・山口百希〔朝日新聞社〕）

つひとつが星であってたまるか。地球がぐるぐる回っていてたまるか。

「小便したからまたねるんだ！」

意味もなく憤然として再度の睡《ねむ》りに突入したが、それから間もなく目を覚まさねばならなかった。車のドアの開閉する音や騒々しい人々の声、車のカセットデッキから中国のにぎやか音楽などが聞こえ、まだ闇のなかというのにあちこちが騒然としていた。六時半であった。太陽はあがってこない。一日分の停滞をとり戻すために、出発が早いのだ。気温六度。そんなに寒くはない。

「湿度が高いです。異様なくらいです」

日本隊の誰かがそんなことを言ってテントのむこうを通りすぎていった。素早く寝袋をたたみ、身仕度をととのえる。

七時五十分出発、太陽が地平線から少しあがったところだ。陽光のもとに出発していく、というのは気分がいい。故障しがちのトラック隊がひと足先に出発している。ルートは奥地に入っていくにつれて悪化していく一方である。いよいよヤルダン地帯に入っていくのだ。

ヤルダンとは日本語に訳すと《風化土堆群》というらしい。常に北東から吹きつける風が砂漠の表面を削っていく。風と砂のヤスリは、砂漠の表面の軟かいところをどんどん削っていく。削られた溝は風の方向に沿って長くのびていく。巨大な畑の畝《うね》のようなものができていく。風に削られなかった固いところがヤルダンだ。

ヤルダンに沿って走っていくのだったらさして問題はないが、我々のめざす西北に進むルートはこのヤルダンを直角に越えていく。

砂の海の、けっして形を変えない巨大な波のつらなりを、自動車隊はひたすらじわじわと乗り越え乗り越え進んでいく。

トラックが何度もスタックする。鉄の板を車輪の下に敷き、ウインチを使って突破していく。一時間に十三〜十四キロしか距離をかせげない。

感度良好のマツムラさんももうあまり無線連絡をしなくなっている。一台一台がその場で出っくわす砂と土とのたたかいに必死なのだ。隊列の前の方でスタックした車の救出が長びくと、それが後続の小休止となった。後の方が、ルートがついてくるから通過は楽になるが、あまり後の方になると土が崩れすぎてかえって難渋する。後の方が砂に埋ずまって四苦八苦していると先頭グループが小休止してそれを待つ。

一番心配だったのがインマルサットを使って宇宙通信をするための電子機材を載せているトラック（キャンター）であった。なにしろ砂漠向きにはつくられていない。全自動車隊に前後を守られるようにして進んでいく。轡田隊長は、なんとか第三キャンプまで持っていって、そこから衛星波を使った現地からの第一報を送りたい、と考えているようであった。

ヤルダンが続いている。土の突起を乗り越え、谷に入ると最初の車の車輪の捲《ま》き上げる砂煙がものすごい。三〜五キロのスピードだが、一瞬あたりの風景が砂煙で見えなくなる。一台一台の車がそれを繰りかえしていくのである。車体の下に時おりごんごんと大きな石がぶつかるような音がする。砕かれた固い塩皮殻が石のように跳ねあがって車体の下にぶつかってくるのだ。中国隊のトラックのシャフトを折った犯人がこれらしい。もうもうとした砂煙の中を前を行く車が、まさに砂の大海の波に翻弄《ほんろう》されているように激しく右や左に傾きながら同時に常に上下に車体を傾斜させ、もがきながら進んでいく。

一時すこし過ぎ、砂の中で昼食になった。ヤルダンのまっただ中である。見わたすかぎり土の畝が続いている。みんな風に沿って北東方向にどこまでも長くのびている。不思議な風景だった。地平線のむこうから、反対側の地平線まで、視野いっぱいに〝風の吹いていく方向〟が彫られている。

よく晴れていた。そしてその日風は止まっていた。

もし一人で、この砂の大海の中に座っていたら、何をどう想《おも》うのだろうか、ということを考える。夜になってここに昨夜のような強引で妥協のない満天の星のドームが覆《おお》い、その下でじっと朝まで座っていたら――。

木の鳥でなくても、なにかしらの天と地のエネルギーを身の内に吸収するかもしれな

風はつねに一定方向から吹きつけてくる。軽い砂は全部はぎとられ、固いヤルダン地形ができる

い。しかしそれが数日続いたとしたら、どこかがおかしくなっていくかもしれない。無辺の広大は、日頃めったに遭遇することがないだけに、考えていた以上に「怖い」。

昼食は「堅い」例の乾パンと「錫味《すず》」の缶詰。まいどおなじみのもので、これを配給の水で流し込む。パンはどうしたらこのように小麦粉を固くすることができるのだろうか——と深く考え込んでしまうくらい堅い。しかもその堅さになんとなく意志を感じる。悪意と言い換えてもいいかもしれない。しかもそれが日をおいてさらに硬度を増してきた。

「わたしらとにかく堅いっていったら堅いんだからね」

と、その堅パンが全身で言っている。

食べるためにはナイフがいる。それも刃

の厚くて重さのあるバックナイフ級のものが必要だ。しかしパンに刃をあてて引いても何の変化もない。ナイフを上から打ちおろすのである。塩皮殻の大地が丁度いい叩《たた》く台になる。激しく何度かナイフで打ちつづけると、やがて「くそっ！」といってさしもの堅パンもどこかが割れる。破片がパラパラとそこらに散らばる。その破片をひろって口に入れる。噛《か》むと歯が折れるからそれはしゃぶる。さしもの鋼鉄パンもここにいたって漸《ようや》くじわじわとその破片のまわりに不承不承の妥協の緩《ゆる》みが生まれる。あとは口の中の継続の努力でじわじわやっていく。

このようなまことに手間と時間のかかるシロモノなので、少しの量を口にしただけで疲れてしまう。一人割りあて分の二個のうち確実に一個以上は残ってしまうのだが、砂漠ではいつ食糧不足になるかわからないからそれはザックの中に入れておく。かくして各人のザックの中はこの備蓄の堅パンがゴロゴロしている。

太陽が頭の上にあった。足もとの影がきわめて小さい。普段あまり自分の影など気にしないものだが、これだけ小さくなってしまうと、なんだか奇妙にココロボソクてむなしい。

小便が乾いた土の中にそのまましみ込んでいく。風が強いのも困るが、このようにいきなり無風になってしまうのもヘンな気持だ。割りあての水はもう三分の二をのんでしまっている。

第三キャンプのすぐうしろ側には、枯れた胡楊の林がひろがっていた。枯れて何百年たっているのかわからない。静かで悲しい風景だった

二時すぎに出発した。ところどころに倒れて枯れた胡楊《こよう》の木が見える。

その日走破する予定の距離は七十八キロであった。

午後の行進は、なんだか隊全部に疲れが見える。あまりいろいろなことを考えずに、とにかく少しずつ前進していくしかない、という気配だ。先頭が慎重にルートを見きわめて進んでいっているらしく、スピードは平均時速二〜三キロになってしまった。隊長からも松村さんからも無線連絡がないので、今日の目的地までどのくらい接近しているのかわからない。相変らず同じ形をしたヤルダンの山と谷を越えていく。

タクラマカン砂漠には「クイカップ」

という砂の窪《くぼ》みがところどころにあり、それはまあつまり砂の底なし沼のようなところらしい。

映画『アラビアのロレンス』で、案内人の少年がロレンスの見ている前で、底なしの砂の中にもぐっていくシーンが目にうかぶ。砂の中に埋ずもれて死んでいくのはいかにも辛《つら》そうでいやだ。

「前のクルマのわだちからはずれないように!」

突然運転手のスンさんにそう頼んだ。しかしスンさんは忙しい。忙しいし、相当に疲れが出ているようだ。

それからさらに四時間以上の苦闘の末、夕方六時すぎに漸くその日のキャンプ地に到着した。

ゆるやかな砂の丘がひろがっていた。

そこはこれまで見てきたタクラマカン砂漠のどことも違った風景だった。

長い砂丘が続いていた。砂丘は遅い午後の、まだ充分に強い太陽の下で、たおやかに白く、するどく光っていた。その白い丘のあちらこちらに、砂よりももっと白く輝いている胡楊の枯れ木があった。倒れずにひっそりと砂丘に立ちつくしている。

近くに行ってみると、立木の下におびただしい数の倒木があった。枯れて乾き、ひび割れて風化し、固く沈黙した倒木の群であった。

夕方の風が吹いていた。枯れた木の枝が、ひょうひょうとひそかな悲鳴のように、風の中で鳴っていた。砂漠に入ってはじめて風に鳴る木の音を聞いた。

「かなしいですね。とてもかなしい風景ですよ」

いつの間にか中条広義さん（中部大学助教授＝植物生態学）が、本当に悲しげな顔をしてそう言った。

「ここはたぶん千数百年ぐらい前まではうっそうとした胡楊の林があったのですよ。このあたりはいちめんの草原で、きっといろんな鳥が鳴いておったのでしょう。そういう光景が私にはよく見えるんですよ」

中条さんはそう言っておれの脇《わき》に腰をおろした。

丘の上の砂はいたるところで美しい風紋を描いていた。太陽がさっきよりもまたいくらか傾き、丘の上の立ち枯れた白い木の肌を、うっすらと赤く染めはじめていた。

「ロプノールの蒼《あお》い水が、きっとこの緑の丘にうちよせていたのでしょう。湖の上には胡楊をくりぬいたカヌーがいくつも浮かんでいたでしょうね。風が吹いて、胡楊の葉の鳴る音が、私には聞こえてくるんですよ」

中条さんの眼《め》は、本当に砂漠の夕陽のそのかなたをとらえているようだった——。

燃える輝玉

大地にめりこむ熱いたま
ヤルダンの連続攻撃
おかゆ腹トボトボ隊

地平線のむこうに落ちていく夕陽を最後まで見とどける——ということを初めて体験した。これまで見ているようで、よく考えるとそれは多く、水平線への日没なのであった。

あるいは地平であっても広大な平地に沈んでいく太陽は、地平線近くなると、かならず靄《もや》のようなものがたなびき、太陽が地上近く落ちてくると、ぼやけて見えなくなってしまう。

砂漠に落ちる太陽はその点が違う。草や樹木や生き物の呼吸がないから、太陽が地平近くまで落ちてきても靄が出ない。

地平近くの大気のフィルターがかかって、中天にいるときよりも大きく脹《ふく》れ、輝度を弱めて肉眼でも見えるようになったそれは、輪郭をそこねることなく、堂々と丸い太陽のまま地平にぐんぐん接近していく。

その落ちていくスピードに驚いた。早い、のである。あきらかに目で見えるスピードで落ちていく。巨大な赤い宇宙からの飛来物が地球にぐんぐん降下してくる、といった感覚だ。

実際には「地球が回転していてそのように見えるのだ」ということは頭で理解していても、そんな訳ないだろ、見たまえ！　天が動いているに違いないではないか！　と言われれば「そうですその通りです」と言わざるを得ない光景だ。

燃える巨大な赤いたまが、地平線に触れる瞬間、というのがまた見事であった。

目に見える速度でもってどんどん降下していく太陽が大地に触れた瞬間は、まさに「着地」を思わせた。しかし太陽はそのままずんずん地平線のむこうに落ちていく。見ていると大地に「めりこむ」ようである。

太陽が地平に触れた瞬間から、地表が赤く染まる。赤く染まった地表に光の波が走ってくる。砂漠の乾いた大地を走って、こちらにむかってくる。地表が焦《こ》げるようだ。立ってみている我々の足もとまで光の波がおしよせてくると、「あちちちち」と両足で飛びはねたくなるような気分でもある。

素晴しい一大天空ショーである。

しばらく息をのむ思いで見入っていると、大気が急速に冷えてきているのがわかった。太陽が地平のむこうに没したからである。砂漠というのは何がおきるのでも非常にストレートでわかり易《やす》い。ふりかえると枯れたタマリクスの枝が天空の雲に残る赤い残照の中で、さらに切なげに白く光って見えた。

もう何百年も、この連日の光と闇《やみ》とが交代していく荘厳《そうごん》な光景を、このタマリクスたちは見ていたのだろう。気温が落ちていくのと同時に、風が吹きはじめた。

その日おれはコバンザメテントをヤルダンの隙間《すきま》に張ることにした。幅三メートル、深さ二メートルほどの丁度いい小さな谷の中だ。

岩のようになった土の固まりをいくつもテントの周りに置いた。ザックの中からフィールドパーカを引っぱり出して身にまとった。さらにぐいぐい気温が落ちていく。

その日の夕食はカレーライスと羊の肉入りラーメンという、ここしばらくの夕食の中ではえらく豪華なものだった。

「今日は中国は国慶節で、国民の祝日です。それから明日からの楼蘭への突入のために力をつけるためです」

おれの質問に通訳の張さんはそう答えた。

夕食が終わり、あたりが闇に包まれた頃、隊のどこかで騒ぎ声がおきた。

「砂漠のむこうから誰かやってくる」

国慶節のキャンプファイアー。ありったけの木が燃やされ、パイチューがのみ回され、中国の民謡がうたわれる

という声がきこえた。自動車のヘッドライトが見える、というのである。

こんな場所に我々以外のどこの誰が来る、というのだ。もしかすると、我々の知らないうちに、かつてのスウェン・ヘディンの時代のように、どこかの国の探検隊が同時期に楼蘭を目ざしてきているのかもしれない、とフト考えたが「まさか」の思いのほうが絶対強い。

見るとたしかに地平線を走ってくるヘッドライトのようであるが、それにしてはずっと見え続けている、というのがおかしい。

誰かが「ちがう、あれはコルラの灯だ」と言った。コルラはこの砂漠のはるかむこうにある町だ。しかしそんな遠い町の灯が見えるというのもおかしい。

「ちがう。あれは星だよ」

また誰かが言った。なるほど落ちついてよく見るとそれはまさしく星のようであった。夕陽が地平にめりこんでいくところまで見えてしまうように、砂漠では地平線ぎりぎりのところに出る星まで見えてしまうのだ。

ひと騒動すぎたあと、今度は丘の上の方で別なにぎやかな声がきこえてきた。中国隊が国慶節を祝って大きな焚火《たきび》をつくりはじめたのだ。同時にそれは明日からの楼蘭隊の出発を鼓舞する元気づけの焚火の意もあるようだった。中国の運転手やサポート隊はこの第三キャンプで、楼蘭から我々が帰るまで待機していることになる。予定では三泊。それまで残った人々は休息の日々ということになるが、同時にそれは何もない砂漠の中での退屈の日々、ということになるのだろう。

前日と同じように、テントの入口をあけ、満天の星を見ながら睡《ねむ》ることにした。予定通りいけば明日はいよいよ目的の楼蘭である。

起床の合図はいつも突然やってくる。早朝の睡りはすこぶる心地いいものだから、この起床の時間がつらい。もっと睡っていたいがそういう訳にもいかない。慌《あわただ》しく身仕度をし、慌しく朝食をとる。

第三キャンプから楼蘭へ向うのは日本隊二十五人、中国隊二十人だった。楼蘭まではそこから直線距離で二十キロ。しかしそこまでのルートはモロにヤルダン地帯を渡っていくので、どのような状態になっていくのかわからない。八時間で到着、という計画のようであった。

前日につくっておいた荷物を点検する。自分の背中に自分の荷物だけ持っていくことになっている。水は第一日目の二リットル分だけ支給された。その水を水筒に入れかえ、ザックの一番上にくくりつける。今日の旅はおそらく喉《のど》の渇きとのタタカイになるのだろうな、と思った。

出発前に中国隊の楊隊長と日本隊の轡田隊長から、その日のルートの簡単な説明と、カメラ類を持っていかない——ということ、を改めて強く言い渡された。ドキュメンタリー撮影隊の表情は暗く重い。

朝食が三十分遅れたので、出発も遅れて九時三十分だった。第三キャンプを出るとすぐに緻密《ちみつ》なヤルダン地帯に入った。北東からの風にそってずっと地平線の果てまで幾筋もの固い畝《うね》が走る。ヤルダンの背は固く引き締っているからその上を歩いていくのは楽だが、問題はそこを何度も下りたり上ったりしていかねばならないことだった。

その日もよく晴れていた。風は冷たいが、いかにも紫外線ムキダシ！　といった陽光は朝から体に痛い程であった。

なんだかおれは緊張していた。

日本を発《た》ってから十七日目であった。まだ僅《わず》か十七日、という気分もあったが、むしろ飛行機や自動車を使って超スピードで移動できる現代の旅でも十七日間かけなければここまで到達できない、というべきなのだろう。

この探検隊から楼蘭への同行を乞《こ》われてから八カ月。小学校六年の時にヘディンの『さまよえる湖』を読んでいつか行きたい、と思ってから三十三年間。

おれにとっての十七日間は、その背後にまあ自分で言うのもナンであるけれど、三十三年間の〝旅の重み〟があった。

大きな問題がなければその日のうちに楼蘭古城に到達することができるのである。そのとき、日本人として一番最初にそこに入っていこうという秘《ひそ》かな作戦があった。そのために出発前の半年間、毎朝トレーニングしていた成果をそこで実らせなければならない。

靴の紐《ひも》を改めてきちんと結び直した。「ＩＣＩ石井」の越谷英雄さんが探してくれた砂に強い靴はたしかに具合よくわが足もとを力強く固めてくれている。

強い陽ざしの中を、ふいに四十五人の〝突入隊〟は歩きはじめた。百人あまりの第三キャンプ残留隊が見送ってくれる。第三キャンプ出発二十分ぐらいの距離まではＴＶカメラを回してもよい、という約束になっていたので、ギプスの永島はオニのような顔をしてカメラを回している。田川副隊長のやるせない顔を見るのがつらい。やがてＴＶカメラはそこまでついてきた残留隊に渡された。

第三キャンプを出て、いよいよ徒歩で最終目的地の楼蘭をめざす。トップ入城をめざして先頭を歩いた（撮影・日中共同「楼蘭」探検隊）

正面から吹きつける冷たくて強い風の中をがしがしと歩いていく。

太陽が上昇するにしたがってそれとわかるぐらい陽ざしが強くなっていく。朝方は羽毛服を必要としていたくらいなのに、一時間も歩くと綿の長袖《ながそで》シャツで充分という状態になっていた。

やがて隊列はどんどん長くなっていった。歩き方のペースに個人差がある。一日がかりの砂漠オフロードレースのようなものになるのだろうから、どのくらいのペースで歩いていくかが問題だった。

トップは中国隊の楊隊長が自分のペースで歩いていた。ただしこの人のペースはけっこう早い。日本隊の轡田隊長、早稲田大学の長澤教授も実に軽やかな足どりでトップ集団にいた。おれも計画どおりその中にいた。二時間ほどでトップから一番最後までの隊列の距離が五百メートルほどになっていた。トランシーバーで最後部からの連絡が入ってくる。

太陽が確実に高度をあげ、砂と土だけの世界を熱心にじりじりとあつく照射し、北東からの冷たい風がかえってここちよくなっていた。

ルートは早朝出発していった先発イデリス隊三人が要所要所に突き刺していく赤い小旗が唯一《ゆいいつ》の目印になっている。新疆《しんきょう》考古研究所のイデリスと楊隊長は事前調査のため二年前に楼蘭をめざしたがそのうちの一回は途中で方向を見失なって遭難寸前になり、食糧も水もなくなってチューブの歯磨きまで食べてヤルダン地帯を三日間さ迷ったという。

またこのルートは、数年前に一人の中国人学者が調査に出たまま行方不明になっている。

なるほどヤルダン地帯に入ってしまうとあたりはすべて同じような風景に見え、方向というのがまるでわからなくなってしまう。

ヤルダンの背は、おそらく数千年にわたって風にえぐられ研ぎ削られていて、ちょっとした岩盤のような固さだから歩くのにはいいのだが、ヤルダンとヤルダンの間は足がめりこむ砂だまりである。高低差とこの歩く感触や感覚の差が果てしなく続いていくのはいかにも重い疲労のもとになりそうだった。

ヘリコプターによる空からの撮影は参加ジャーナリストの中でひとつの是非論を生んだ（撮影・日中共同「楼蘭」探検隊）

一時間たって小休止があった。激しい乾燥で喉が渇ききっているから、このときのむ水筒の水がじつにうまい。ああ生きているんだなあ、と思う。

最初の休憩があって、再び歩きはじめてすぐに、タダナラヌ爆音が聞こえてきた。

ヘリコプターであった。そのあたりを行進していく我々の撮影を、日本のテレビドキュメンタリーチームが新疆ウイグルのテレビ局に依頼していたのである。楼蘭の核心部の撮影ができないなら、せめてそのあたりまでの空撮を、と交渉していたのだ。

しかし、この砂漠の徒歩人間と、空飛ぶ機械との、考えてみると実に奇妙な遭遇は、隊列の中でちょっとした論議を生んだ。

「ヘリがきても手など振らないで下さい」

と、彼らは再び歩きはじめたばかりの隊

列の人々に頼んでいた。

ドキュメンタリー制作側としては、ここでTVカメラに向って隊列の人々が親しげに手を振る、というのは、全体の〝絵づくり〟の中で少々まずい。

それでは観光旅行のように見えてしまうかもしれない。これに対して朝日新聞の記者らは「砂漠でヘリコプターに出会ったのだから、それがいかに打ち合わせのもとに撮影のために飛来してきたものであっても、立ちどまって手を振るのが自然の行為だろう、ありのまま撮ればいいのではないか――」というようなことを述べた。

論争というわけではなく、立場上異るふたつの考え方とその主張の差、というようなものであったが、おれはそのことに非常に興味をもった。新聞記者の意見はいかにも正論であったけれど、その一方で、テレビドキュメンタリーチームの苦境をおれは痛いほど知っていた。目的地に接近していくにつれて次々に増えていくがんじがらめの規制の中であえいでいるテレビドキュメンタリーチームと、新聞報道チームとではこの旅の記録の条件があまりにも違いすぎていた。

あらゆるカメラ撮影は禁じられたといっても、新聞報道用として中国側に一人のプロカメラマンがおり、そのカメラマンが、いわば隊全体の公式撮影者として楼蘭の地を撮ることになっていたからだ。

写真とペンがあれば新聞は最低レベルでの報道はできる。しかしTV撮影を全面的に禁じられてしまったドキュメンタリーチームには、とにかくなすすべがないのである。ドキュメンタリーを成立させるためには、多少不自然ではあっても、ヘリコプターの空撮などはそのくらいの「つくり」をしていかないと「話」が成立しなくなってしまう。

けれど、この楼蘭にかぎっていえば、おれはこの、ヘリに手を振るか否《いな》か、という以前の問題であるけれど、空撮はしなくてもよかったのではないか、と思った。

というのは、このヘリコプターの撮影によって、かなり誤解されてしまったところがあるのを後日知ったからだ。

このドキュメンタリーが全国放映されたあと、空撮場面を見て「ヘリコプターでひとっ飛びで行けるのならば、わざわざつらい思いをして歩いていくこともないではないか」との感想を述べる人が結構沢山いたのである。

けれど、実際には中国や（当時の）ソ連のような共産圏では外国人が空からTVカメラを回すことは百パーセント許されない。撮影などしなくても軍事施設のある未開放地域では、外国人がヘリコプターに乗ることさえも難しい。

これも後々知るところとなるのだが、当時中国は、この楼蘭に近い砂漠地域で核実験を行なっていたらしい。そのことによる厳重規制が、我々の足もとにさまざまにからみついていたのだ。

ヘリコプターやTVカメラや衛星による通信手段のない時代の、ヘディンやスタインの頃の探検が、かえって羨《うらや》ましかった。勿論《もちろん》、我々のそれがヘディンの頃の旅の厳しさに較《くら》べたら、その足もとにさえ及ばないとしても——である。その頃の十六ミリのフィルムによる映像記録は、その一コマ一コマすべてがどんなものであるにせよなにかしらの意味をもっていた。

しかしいま自分が参加しているエンターテインメントとしての映像ドキュメンタリーは、つくり方が達者になった分だけ沢山の制約をつくってしまった。そこのところが奇妙にムナシクもあった。

ヘディンの時代は、ロプノールがどこにどのくらいの水量をたたえて拡《ひろ》がっているか、見当さえつかなかった。それが今はまんべんなく天空を回る人工衛星によって、もうすでにどこにも水さえ存在しないことがわかってしまっている。時代は「場所」や「存在」の意味さえ大きく変えてしまっているから、そこへ到達する旅の記録の意味も大きく変えているのだろう。

ひたすら歩くこと以外やることは何もない。少し前までおれのすぐ近くを歩いていたギプスの永島や細っこい原の姿が見えなくなっている。かれらはしだいに後方のグループに下りつつあった。VTRカメラを持ってない永島カメラマンはヌケガラのようになっていた。そのあたり、撮影したら凄《すさ》まじい場面になるだろうな、と思えるような光景が連続していたからだ。さっきまでそのカメラマンの背中のザックにぶらさがっているホーローびきのコップが、何かの金属に当ってカランカランとひどく乾いた音をたてていた。風の中の悲しい砂漠の巡礼のようだな、と思って聞いていたが、今はその音もない。

とにかく歩き、進む以外何もやることがないから、歩きながらいろんなことを考える。日本からずるずる引きずってきて、結局まだ一行も書きすすめずにいる小説のこと。朝食はいつものようにおかゆだったけれど、一杯しかたべなかったから、きっとあとで全身のエネルギーに厳しく影響してくるのだろうな、というようなこと。すでにもう厳しい空腹感があった。大体砂漠を歩いていく人間がいかに中国の習慣といっても、おかゆなどというものをたべるだけでいいのだろうか――。

歩いていく空のむこうに生ビールの巨大な中ジョッキがほわんとみえる。その横の雲の先に更科《さらしな》そば新宿支店の海老天丼《えびてんどん》がくっきり浮かぶ。

背中で水筒の水がちゃぷちゃぷちゃぷいって揺れている。喉も渇いているが、これからどうなっていくかわからないので、できるだけガマンしてやたらに飲まないようにしていこうと思う。

北東からの風が吹き続けているうちは暑さでへばるということはないだろう、と思う。風にむかってひたすら歩く、ということについて考える。妻はどうしているだろうか、ということについて考える。出発の日にウォークマンのヘッドフォンを家に忘れてしまったのだが、妻がタクシーをとばして成田空港まで届けてくれた。ぎりぎりの時間だったので、その品物が空港係員を通して、出発直前の飛行機のキャビンに届けられた。それが随分有難かった。

日本に帰ったらこの旅のことを本に書くことになっているがそのタイトルのことを考える。

「楼蘭への旅」じゃあオーソドックスすぎて平凡でつまらないだろうなあ。「幻の王国へ」というのだとどうもNHKっぽいなあ。そういえばすでに『砂に埋もれた王国』という本を見た記憶がある。でもあれは楼蘭ではなくて別の遺跡を訪ねる旅行記であったか。

「風の国へ」はどうだろうか。すこし気どりすぎであろうか。ぐーんとダラクして「おかゆ腹トボトボ隊」というのはどうだろうか。いっそのこと「タクラマカンダラコン旅」というのはどうだろうか。ダラコンダラコン足を引きずりながら考える。

日本に帰ったら伊豆《いず》あたりに行って仲間たちと温泉麻雀《マージャン》などやりたいものだ。そんなことを思うのはきっと米蘭の宿舎で中国隊の人々が麻雀をやっているのを見たからだろうな。昔勤めていた会社の連中はまだ麻雀なんてやっているのだろうか――。

頭と体が別々になりつつも、とにかくじわじわと砂漠を進んでいく。

一、二時間歩いて十数分の休み。荷物をおろすとそのままごろんと大地に身をなげだす隊員が多い（撮影・日中共同「楼蘭」探検隊）

さらに二時間ほど歩き続けると、もう何も考えなくなってしまった。何も考えずにとにかく前進していく。隊列はさらに延びて一キロぐらいになっているようだった。

作戦どおり、おれは完全にトップグループに入っていた。

楊隊長は一時間に一度ぐらいの割合で小休止させる。トップグループが休んでいる間にも後続は歩き続けている。そこで隊列は縮まるのだが、再び歩きはじめるとたちまちもとの長さになっていくようだった。休息の時はヤルダンの下のわずかな日陰を見つけて寝ころがる人が多い。午後もまた、同じことのくりかえしだった。太陽の光はさらに強くなり、隊列はさらに延びていった。

砂の古城

自己主張する影
逃げ灯
闇《やみ》に浮かぶ楼蘭古城

砂漠の太陽が頂点に達し、自分の影が足元に小さく頼りなげにかたまって存在している。影というのは、普段あまり意識しないものだが、砂漠を歩いていると妙に気になるものだ。理由がだんだんわかってきた。

楼蘭へ三十キロ圏に入ってきて、あたりの砂の色はきわだって白くなってきた。その真白な砂の地表に、むきだしの太陽が照りつける。要するに影が濃いのである。

そんなふうに影が自己主張しはじめると、逆に自分の影が見えなくなってしまうのがどうも心細い。

北方のヤルダンがしだいに巨大化してきた。ところどころに枯れたタマリクスの根が見える。隊列はさらに個人と個人の距離を引きはなし細長くなっていた。おれはきっちりトップ集団の中にいた。中国隊員と日本人隊員七、八人ぐらいだ。長澤和俊教授もトップ集団にいる。六十歳を超えている筈《はず》だが、積年の辺境地探検の経験と強靱《きようじん》な足腰がモノを言っているのだろう。朝日新聞の内山記者もいる。彼は背中に私物のほかに十キロの無線装置とアンテナを背負っている。登山やフィールドワークの経験が豊富な人らしい。

朝日の若い新聞記者やテレビドキュメンタリーチームの方が遅れをとっている。

長澤教授が著書で書かれているが、こういう沢山の人々によるキャラバンは先頭集団にいるのがコツらしい。後の方にいると、先頭集団が休憩しているところに到着するとすぐ出発となり、休めなくなってくる。勿論《もちろん》この時は後方の集団も同じように休みをとっていたのだが、自分らが休んでいる時に先頭集団が着々と進んでいる、というのは気分的に落ち着かないものだ。

午後三時すぎ、楊隊長がヤルダンの上に立って双眼鏡を覗《のぞ》き、しきりに首をかしげている。イデリスをリーダーとする先発隊が、進むべきルートに小さな赤旗を立てている筈なのだがそれが見つからないらしい。

大体三キロ間隔ぐらいに先発隊の立てた旗を追って進んでいるのだが、そのルートがどうも間違っているらしい。旗の方向と、地図とコンパスで割りだす進むべき方向がどうも大分違っているらしい。我々は依然として北東の風に向って歩いていたが、地図上の楼蘭はその方向よりもはるかに西にある筈だった。

間もなく進路が変った。後々判明するところとなるのだが、やはり先発隊がルートを間違え、直線コースに対して大きく東にふくらんで進んでいたのだった。

吹いてくる風の向きが変り、さらに今まではヤルダンを緩やかに斜めに乗りこえていく方向に歩いていたのだが、今度は次々にヤルダンを直角に乗りこえていくような進み方になった。同時にヤルダンがどんどん巨大化していく。これはえらく体力を消耗することになる。三、四メートル級のヤルダンになると歩くというのではなく、よじ登る、という状態になる。ヤルダンの背は数千年レベルで風に吹きさらされて固い地殻がむきだしのようになっているが、谷は軟かい砂に足がもぐりこむ。ひっきりなしのこのくりかえしが実にわずらわしく、そして体力を確実に消耗させる。

何度目かの休憩のあと、空気がえらく冷えてきているのを感じた。汗のしみたシャツが冷たい。いつの間にか太陽は大きく傾いてきており、長くなっている影に昼ごろの力がない。午後六時をすこし回ったところであった。

当初の予定ではもう楼蘭古城の圏内に入っている時刻であるが、あたりの風景はまったく変らなかった。隊列はさらにのびて一・五キロぐらいの長さになっているようであった。

あの先発隊の間違いルートがダメージになっているようだ。

休憩時間はただただ疲労回復につとめる。ほんの数分でも睡りをむさぼる。みじかい睡りほどリアルな夢をみるのだ（撮影・日中共同「楼蘭」探検隊）

そこに至るまで「楼蘭まであと一時間ぐらいらしい」とか「あと三キロ」などというデタラメの情報がいく度かとびかった。

誰かが「あと三キロならいいな」などと言ったのが「あと三キロ」という情報になってしまったらしい。これには行進している人々の切ない願望も含まれている。あとで聞くとニセ情報によろこび、残りの手持ちの水を一気に飲んでしまった人もいたようだから、実に危険な話なのでもある。

午後八時に陽が落ちた。数時間前までTシャツ一枚で歩いていたのがまったく信じられないくらい急速に冷気がとりまいてきて、羽毛服をひっぱり出す者もいる。砂漠の夕暮れは目にみえるスピードで闇の色を濃くしていく。全員がヘッドランプをつけた。光をつけると、あたりに舞いあがっている砂埃《すなぼこり》がモロに見えてしまう。我々の行進する方向に沿って厚くて濃い埃の帯がのびている。

ヤルダンがまた大きくなってきていた。闇の中のヤルダンは古城を囲む無数の防護壁のように見える。しかし、闇はその一方で有難いものを見せてくれた。

はるか遠方にポッンと赤い灯が見えた。それがめざす楼蘭であった。棒の先にヘッドランプでもくくりつけているのだろう。砂漠の遠方に見る光ほど嬉《うれ》しいものはない。なんとなく「あと一時間ぐらい」という見当をつけた。目標の場所と時間のめやすがたつ——。これほど気分の安定するものはない。

足が少しずつ痛くなってきていたが全体のコンディションは悪くない。トップから二〜三番のあたりを常に歩いていた。

トランシーバーで隊列の情報が次々に入ってくる。足をくじいてしまったり、足の皮がひどくむけてしまう隊員などが出ているという。体が痙攣《けいれん》して倒れてしまった隊員は血糖値が下ってしまったらしい。〝従軍医師〟の中沢先生が忙しくなってきた。

楊隊長のトランシーバーに、しきりに「ビバーク」という言葉が入ってくる。歩けなくなっている日本人隊員を中国の若い隊員が背負っているらしい。なんとなく全体が騒

楼蘭が近づくにつれてヤルダン地形も大きくなる。ヘディンが見て書いたのと同じようなさまざまに造形的なものがあらわれる
(撮影・日中共同「楼蘭」探検隊)

然としてきた。立ち止って振りかえると、やや乱れた直線を描いて沢山のヘッドランプが上下に揺れながら動いている。美しい光景だが内実は皆必死だ。向うべき目標点に光がついていることと、砂嵐《すなあらし》の徴候がないのがなによりであった。

長澤教授の著書『楼蘭古城にたたずんで』のこの砂の行進のあたりを読むと、もしあのとき砂嵐がきたら犠牲者がでたかもしれない、と書いている。

すでに「灯」が見えてから二時間以上歩いている。目的地の灯はずっと見えている訳ではなく、深いヤルダンの下に降りるとまったく見えなくなってしまう。次のヤルダンによじ登ったところで再び灯を見るのが嬉しい。

さらに一時間、同じような状況の中を

じわじわ進んでいった。しかし灯には中々近づけない。逃げ水というのがあるが、この灯は進んでいくとどんどん闇の奥に遠のいていくような気もする。〃砂漠の逃げ灯〃などというものが我々を誘っているのだろうか。

「もしかするとこれは幻の灯かもしれない……」などと不吉なことを考えはじめた頃、漸《ようや》くいくらか灯が大きくなってきた。

そこに至って、なぜなかなか灯に近づかなかったのか、その理由がわかった。

三時間ほど前に棒の先にくくりつけたヘッドランプの光なのだろうと思っていたそれは、実は巨大なヤルダンの上につくった巨大なかがり火なのであった。最接近してわかったのだが、そのかがり火の大きさは、家を一軒燃やしているくらいのスケールだった。そのでっかい火災スケールの灯がヘッドランプくらいにしか見えないとんでもなく遠いところからずっと歩いてきたのだ。いつまでたっても灯に近づけない訳である。

そこからすこし地形が変った。ヤルダン地形が緩やかになり、砂がいくらか堅くなった。かがり火をすぎてからさらに三十分程歩いたところで、ヘッドランプの光束（砂埃で光の束のように見える）の中にいきなりストゥーパ（仏塔）が浮かび上がった。

ヘディンやスタインの探検記の中で何度も見たあの楼蘭王国を象徴するような、風の中に屹立《きつりつ》する仏塔を、その時いきなり見てしまった。ヘッドランプの光の中にそれは思ったよりもずっと荒々しく、そして静かに厳粛に巨大だった。

背後から別の人のヘッドランプが接近してくる。長澤教授と楊隊長であった。気がつくと、おれは作戦どおりトップで楼蘭古城に入っていたのだ。やったぞ。一九三四年のヘディン隊以降五十四年ぶりに外国人隊、しかも日本隊が入城したのだ。

三人のヘッドランプが交叉《こうさ》し、ストゥーパが闇のむこうから浮かびあがっているように見える。ヘディンが初めて八十八年前に見たのと同じものをいま自分のこの眼《め》で確かに見つめているのだ、と思った。

「ついにやってきたぞ。ついにおれはやってきたぞ！」

ふいに涙が出てきた。埃と涙で視界が白く滲《にじ》んでかすむ。思わずへたりこみそうになった。けれどそこはまだ最終到着地点ではない。さらに遠くに第二のかがり火が見える。そこが楼蘭のベースキャンプのようであった。

そこまでさらに三十分かかり、結局午後十時半の到着だった。先発隊によってもうテントは張られていた。そのかたわらにザックを投げ出した。足も投げ出し、両手を背中のうしろについて、空を眺めた。はじめて見る楼蘭古城の空である。満天の星だった。そう思えば本日そこに到着するまでの夜空というものをあまり意識して眺めなかった。そこに至るまでにも星はいたるところで輝いていたのだろうが、それをそれとして眺める余裕がなかったのだろう。

その間にも続々と隊員が到着してくる。

背中の荷物を放り出し、どうっとその上に倒れる者。放心したようにしゃがみこむ者。うろうろと無意味にそのへんを歩き回る人。靴を脱ぎ捨て「あっマメが片足だけで十二個もある。そのうち四個はつぶれている。おお！」などとうめいている者。各人のヘッドランプがあちこちで交叉しあい、埃がもうもうとたちこめ、あたりは再び騒然としていた。

おれは割合元気だった。ひと休みしたらあと二、三キロは歩けるぞ、と思った。しかし腹が減っていた。疲れより空腹のほうがつらかった。

水筒の中の残った水をのんだ。水が喉《のど》の奥を充実した質量をもって通りすぎる。

頭からヘッドランプをはずし、さっき通りすぎてきたヤルダンの上のかがり火を捜した。もう消してしまったのか、あるいはもっと大きな別のヤルダンの陰に入ってしまったのか、さきほどまでの、あの人生の目標のような赤い炎を見つけることはできなかった。

朝日新聞の人々が固い土の上に高さ十メートルのアンテナを立てていた。折りたたんだアンテナと無線機を背中にくくりつけて運んできた内山記者は、アンテナを横積みにしているので、人間ヘリコプターのようだった。けっして空を飛ばないその人間ヘリは、常に風にあおられながら狂ったようなデコボコヤルダンの連続をとにかくひたすら前進してきた。本当によくかついできたものだ。

無事到着の合図は、「羊が飛んだ」であった。誰からともなく、自然にそのように決まってしまったという。駄目だったときは「羊が逃げた」というのかな、と思ったが、そのような冗談を言うと怒られそうな真剣な作業になっていた。

「ヒツジガトンダ」は第三キャンプに無事届き、その楼蘭到着の知らせは第三キャンプからさらにインマルサットを経由して東京に送られた。その結果一九八八年十月三日、朝日新聞朝刊の第一面に《日中共同探検隊　風砂の楼蘭遺跡に到達》の見出しが躍ったのである。

先発隊のウイグル人のコックが羊の肉ウドンを作っていて、それができた、という知らせが「神のおことば」のように闇の中をはしる。

「羊が飛んだ」のあとは「羊をくった」である。いやしかしこの夜の羊ウドンは心の底からうまかった。エネルギーを消耗しきった体に羊のウドンはたべるとそのまま新しいエネルギーになって動き出しているような気がした。

ガソリンを注入しているガソリンスタンドのクルマの気分にかぎりない共感を抱きながらデカナベ食器に一・五杯ぶんがつがつと食った。食ったら猛烈に睡《ねむ》くなってきた。寝袋にもぐりこむ前に、昨日の夜、最後の目玉を入れて完成させた木彫りの鳥をテントの外に出し、月光にさらした。

楼蘭は流砂に埋もれた廃墟というイメージをもっていたが、実際には流砂のようなものはとくに見あたらない。大地はけっこう堅く、赤茶けて荒涼としていた。

空は隅々まで晴れあがっていた。陽光は強く、むきだしにしている顔や腕が直射日光の下で痛いくらいだった。けれど風はつめたく、乾燥して温度も低いので、羽毛服を着ていないと寒いほどだ。

昨夜は暗くてどんな地形の所にベースキャンプを張っているのかまるでわからなかったが、一夜あけてみるとそこは赤茶けた荒地の中であった。

ヤルダンにはばまれてそこからストゥーパは見えない。古城からは一キロ少しの距離であるらしい。とすると昨夜はその最後の一キロ余を三十分もかけて歩いたことになる。

身仕度をしてキャンプ地から西方四キロほどのところにある烽火台《ほうかだい》に向った。歩きだすと風が強いのがわかる。たえず耳もとでびょうびょうと悲鳴をあげているように聞こえる。このあたりも風は常に北東から吹いているので、ヤルダンも風の吹いていく方向に大小の畝《うね》を延ばしている。ヤルダンの上にタマリクスの枯れ根が見える。相当な数だから、かつてこのあたりはかなり色濃い緑の林があったらしいと推察できる。

途中で大きな涸《か》れた川を渡った。幅は百五十メートルぐらいある。推察する深さは十メートル。大きな立派な川である。コンチェ・ダリア（孔雀河《くじゃくが》）の支流であるのかも知れない。本流は楼蘭古城から二十キロほど北に流れていたらしい。

古城の北西にある「烽火台」。かなり巨大なものである。そのすぐ下に人間のシャレコウベがあった（撮影・日中共同「楼蘭」探検隊）

烽火台はそのあたりやや丸みをおびたヤルダンの群をそっくりまとめて引き連れていくような恰好《かっこう》で風の中におさまっていた。高さ十メートル。遠くからだと赤土の固まりのように見えたが、近づいてよく見ると日干しレンガとタマリクスで固めてある。発掘の跡なのか、大きな穴がいくつもあいていた。川のそばの烽火台であるから、このあたりには人も住んでいたのだろう。土の中に土器片や古銭が埋まっているのがよくわかる。しかしここにある文物の一切を拾ってはいけないという厳重なとりきめがあるから触れない。触れたいけれど触れない。しかし歩きながら時おりけつまずくふりをして、砂上に露出している石をいくつか拾った。井上靖氏へのおみやげを持ってかった。

えらねばならない。

風がそうさせているのだろう、砂の上に堅い小さな石がころがっている。浜辺の風景に似ている。風が波と同じ働きをしているのだろう。


帰りはさらに風が強くなってきていたが、気温は急速に上ってきている。陽光はさらに厳しく、ついにTシャツ一枚になった。さっき羽毛服にくるまっていた時から四時間もたっていないのだ。

キャンプにいったん戻り、昼の食糧と水を持ち、ストゥーパへ向った。昨夜かがり火と自分のヘッドランプを頼りに歩いてきたルートがどこだったのか、まったく見当がつかないのに驚いた。ストゥーパそのものが見えないから、地図も磁石も案内人もいなかったら行くべき方向すらまったくわからないだろう。あまりにも心許《こころもと》ないので、近くの比較的高いヤルダンの上に登って四方を眺めた。

改めてそのようにして四方を眺めると、見わたすかぎり果てしなく広がっている大小無数のヤルダンは、静止した赤い波濤《はとう》の海のようだ。その荒海のむこうにようやくあの特徴のあるストゥーパを見つけだすことができた。一キロ少しというが目で見るその距離はひどく遠かった。両者の距離はちょうど闇の中の第一のかがり火と第二のかがり火の距離でもあったわけだが、昨夜はみんな闇《やみ》の中の灯の導きに、ただもう夢遊病者のように黙々と体を動かしてきたような気がする。

疲れ切った昨夜と違って、足もとにきっちり力が入る。巨大な無機質生物を思わせる奇怪な形をしたヤルダンを越え、ストゥーパの威厳にみちた形が強い陽ざしの中にそっくりあらわになる頃、地形はいつの間にか変って、そこにはすでに遠い過去に多くの人の手によってならされ、整えられた土の壁が視野の周囲にあった。

土の城壁であった。我々はいつの間にか一辺約三百メートルの、やや歪《ゆが》んだ四角形をした楼蘭古城の内側に入っていたのである。

形を残している壁は八カ所で、そのうち一番長い壁は三十メートル程ある。一見泥と土で固められたもののようだが、よく見ると粘土の間にアシやタマリクスの木を詰め込んで補強しているのがわかる。風に削られ上縁はデコボコになっているが、高いところで五メートルはある。

その城壁の内側、やや北寄りの地点にストゥーパがある。昨夜ヘッドランプの光の中で見たときは、そのたたずまいだけで何か厳しく畏怖《いふ》を感じたが、正午すぎの明るすぎる陽光の中で、それはなんだか赤茶けて疲れ果てた巨大な土のむくろのように見えた。

ひとことでいうと、思いがけないほどに悲しい風景であった。

ストゥーパの上部は崩壊し、そこからえぐられた内臓をさらけだすかのように、内部の日干しレンガの堆積《たいせき》が下からも見える。埋もれた歴史の白骨証人のように、タマリクスらしいいくつもの白い木の枝が、レンガのむこうからとび出している。ヘディン隊が内部をあばくために、綱をつけて引きだしたものであるという。

ストゥーパの下に三間房がある。日干しレンガで固めた厚い壁で三つに仕切ってあるところからつけられた名前だが、何に使われたのかはわかっていない。

三間房の周辺には住居跡とみられる柱や台座が散乱している。柱はまだ地表から立ったままのものがいくつもあった。胡楊《こよう》を削って作ったものと見られるそれらの柱にはいくつも組みたて用の丸いほぞやほぞ穴があけられ、それらはつい今しがたまで、コレとコレが組みあわさっていました、といわんばかりの近接距離で両者の結びつきを明確にしている。ほぞもほぞ穴もきちんと直角をなしており、二千年前のこの古代都市の建築技術とその道具の完成度がうかがえる。とことん乾燥しきっているから木が腐らずに残っているのだが、木肌の表面はもうこれ以上細かく刻めない、というぐらいまでひび割れ、ささくれだっている。

これらの木材は太いもので幅が約四十センチもある。ここに建てられていた建物はかなり巨大なものであったのだ。新疆考古研究所の張玉忠さんの話によるとこの建物は当時の楼蘭の役所（西域長史府）ではないかという。

三間房から三十メートルほど離れたところにもスケールの大きな住居跡があった。建物の基礎が残っており、幅四十センチ、厚さ三十センチもある。当時はこの一帯にそれらの材料となる巨大な胡楊の林がひろがっていたのだろう。

この大住居の南側に一般の人の住居跡らしいものがあった。材木は細くなり、長さも短い。柱と柱の間には泥と葦《あし》の葉をまぜたものが埋められていた。

この民家の跡地からは木製の水桶《みずおけ》や土器の破片、織物らしきものなどが見つかった。

二千年の時をへだてても、なお地表に残っているこうした〝楼蘭人〟の生命《いのち》のしるしは、強い陽ざしと風の中で力強く、静謐《せいひつ》であった。

風砂と星夜

風はかたまりで飛ぶ
沙蜥《すなとかげ》と疾風砂漠アリ
四億の夜と四億の星

楼蘭の廃墟《はいきょ》がスウェン・ヘディンの手によって発見されたのは一九〇〇年のことであった。それ以前の楼蘭の文献はごくわずかなものしかなかったらしい。

この旅に同行した、楼蘭研究第一人者の長澤和俊氏の著書『楼蘭古城にたたずんで』は楼蘭の歴史を次のように推論している。

「『漢書』の西域伝鄯善国《ぜんぜん》（楼蘭）の条に、『（この）国は玉を出す』という一句がある。もともと楼蘭地方は見渡す限りヤルダン地帯で、とうてい玉を産出するような所ではない。それなのになぜ『玉を出す』と書いてあるのだろうか。これはどう考えても西域の玉の主産地であるホータンの玉が、ここまで運ばれ、中国側からは玉は楼蘭まで行けば買えると思われていたことを示しているのではあるまいか。（中略）

中国人の玉の輸入は太古から行われていたようであるが、それを西域から中国へ中継交易していたのが、敦煌、祁連《きれん》の間に住んでいた月氏族である。月氏は敦煌から楼蘭に赴いて、玉を購入し、中国に輸出したのであろう。このように考えてみると、現在残存する一辺三百三十メートル余の城郭を建設したのはもっと後世のこととしても、楼蘭地方に玉の交易場としてオアシス国家が形成されたのは、遅くとも三千五百年前頃であったと思われる——。」

つまり紀元前一五〇〇年頃には楼蘭古城の粗型ができていたと思われる——と長澤氏は書いている。その後楼蘭は主に漢と匈奴《きようど》の間で王国の命運を翻弄《ほんろう》される。紀元前一三九年に命をおびてそのあたりを跳梁《ちようりよう》した漢の張騫《ちようけん》の報告が『史記』大宛伝《だいえんでん》の中にあり、そこに楼蘭が語られている。

「楼蘭・姑師《トルファン》は邑《まち》に城郭あり、塩沢に臨む。塩沢は長安を去ること凡《およ》そ五千里」

紀元前一〇九年から前七七年にかけて匈奴と漢が楼蘭の支配権をめぐって何度も争うことになる。前七七年頃、漢の傀儡《かいらい》王国と化し、名を楼蘭から鄯善に改めている。その頃のこの砂漠の王国の様子を示すのが『漢書』西域伝の次の一文である。

「鄯善国はもと楼蘭と称した。（中略）長安から六千一百里のところにある。戸数は千五百七十戸、人口は一万四千一百人で、兵士の数は二千九百十二人である。（中略）土地はヤルダンで田畑は少なく、他国の耕地を借りており、穀物も近傍の国から買い求めている。この国は玉を産する。植物は葭葦《あし》、檉柳《タマリクス》、胡桐《こどう》、白草が多い。人々は畜牧を行い、水草を追って生活している。驢馬《ろば》を飼い、駱駝《らくだ》も多い。よく兵器を作ることは婼羌（チベット族）と同じである」

この時代の人口一万七千人というのはかなり大きな都市であったらしい。

――とはいっても相変らずおれの回りの見わたす限りは、赤茶けた土の海である。北東からの風が吹きつのり、天も地も沈黙したままだ。

楼蘭古城から北西に五キロほど歩いたところに高さ十メートルほどの土の塔があった。外観は仏塔に似ていたが、周囲は日干しレンガで囲まれており、これもまた烽火台《ほうかだい》のようであった。城の北西だから、その延長線上は北方の強大な遊牧民「匈奴」の住む国である。烽火台の近くに中国の考古学者が発掘した墓があった。垂直に掘り起した大きな穴が三つ。そのひとつにはシャレコウベがひとつ虚空《こくう》を見上げた恰好《かっこう》でころがっていた。

テントに戻ってすこしぼんやりした。いちどきに見てしまった幻の王国楼蘭の目下の現実の姿と、それまでたくわえていた頭の中のさまざまな想《おも》いが、まだひとつのところに融合しきらない。

テントの前にあぐらをかいて、目の前にでっかくひろがっている空を眺めた。蒼《あお》すぎて黒く見えるような空を、非常に輪郭のはっきりした小さな雲がかなりのスピードで流れていく。上空は地表よりももっと強い風が吹いているのだろう。

地表近くを通りすぎていく風は強弱があって、それはたえず変っている。上空をいく風も同じように、かならずしも一定していないように思えた。ぼんやり見ていると、それらの風はいくつかのかたまりをつくっていて、大きいのはさしわたし数百メートルのでっかい風の山となってごわごわとうなりながら吹きわたっていく。くじらぐらいの大きさの風のかたまりもあって、それはなんだか天空を跳ねるようにして吹きわたっていく。こまかく小さな散弾銃のような風がばらばらと突っ走っていくときもある。

それは今朝がた眼《め》がさめても体のあっちこっちが痛く、さらにテントの寝袋の中のぬくもりがなんともここちよくて、なかなか言《は》い出てこられなかったときにも感じていたことだった。テントの中にいて、外が見えないほうがかえって風の形を感じていたような気もする。

そうだな。風はさまざまなカタマリでできているのかもしれないな、と思った。もう一度そんな気配を感じてみようか、とテントの中にもぐりこもうとしたとき、寝袋の横に木彫りの鳥がころがっているのが目に入った。

ゆうべテントの外に出して一晩中月の光にさらし、夜の風を感じていたのだから、まああ〝見てくれ〟はその前日までとまったく変りはないが、この幻の国をかつて照らしたのと同じ月光と風が、この木彫りの鳥を〝神〟に変えたのだろう。きっとそうに違いない！　とひそかに勝手に確信した。そのあいだにもテントの上をぼわぼわと巨大なうなりをあげて風が走っていく。

「そうだ……」

忘れていた大事なことをそのとき思いだした。この旅に出る前に井上靖氏とかわした約束である。

「楼蘭に行ったら私のかわりに天を眺めて下さい」

と、井上氏は言った。〝空〟ではなく〝天〟と言った。よおし……、とすぐにまたテントを這いでて、そのままあお向けになり、天に対してまったく平行になって上を眺めた。さっきあぐらをかいて眺めていたときよりも空は何十倍かに大きくなったような気がした。

「天か、天だ、天を見たぞ！」

と、おれは一人でつぶやく。でっかい空を沢山の雲が動いている。みんな同じ方向、同じスピードである。しかし雲ではなくその先の天を眺めるのだ！

手足を拡《ひろ》げ、さらにゆったり大の字になった。

「楼蘭の天よ！」

「さあついにきたぞ！」

「どうだどうだ……」

天はこのおれが大の字になって寝そべる同じ大地に、二千年前に楼蘭の国が存在したのを「ほんの少し前のほんのちょっとしたことだ」とでもいうように、少しもたじろぐところもなく（あたり前だが……）敢然と蒼く深く静かにひろがっているばかりだった。

「うーむ……」

などとさらに一人で唸《うな》っていると、いきなり丸い顔と細い顔が目の上を覆《おお》った。

「おっなんだなんだおまえら！」

彫りつづけた木の鳥は楼蘭に入る前日、最後の目を入れた。楼蘭での最初のキャンプの夜、月光をあびて〝楼蘭の神〟となった

「シーナさんこそ何してんですか？」

フトメの安田と細っこい原であった。大地に寝そべり、天と巨大な問答をしていたのにいきなり下世話な顔があらわれた。

「なんだなんだ、せっかく大事なときに！」

「いそぎ、ちょっとお願いがあるんですが……」

二人はあたりの目をはばかるように、ひくい声で言った。

「ん？　なんだなんだ」

あとについてきてくれ、というので小走りにいく二人を追った。すぐに二人はヤルダンの陰にかくれてさらに小走りに行く。いくつか迷路のようなヤルダンを越えていくと、とある大きなヤルダンの陰に田川副隊長とギプスの永島、そして中国側の楊隊長がいた。ギプスの永島の片手には小さなVTRカメラが握られている。8ミリVTRカメラだ。

一瞬のうちにある程度のことが理解できた。

ここまでやってきたのである。このままではドキュメンタリーのクライマックスが欠けたままである。どのような話合いがあったのかわからないが、このゲリラ作戦は中国側も暗黙のうちに認めたのだろう。

「ただしストゥーパは出さないのですよ」

楊隊長が念を押すようにして言った。

ストゥーパの方向はさけて、しかしまぎれもない楼蘭の大地で、おれはこの地までやってきたことの思いなどをやや上気したかんじでVTRカメラに向って話した。まわりから短時間で素早く、という緊張した気配がつたわってくるのだが、そのほうがかえって本音の思いを話せるような気がした。

楼蘭は砂に埋もれた幻の王国、などと呼ばれるが、実際には風の中の幻の王国と言ったほうが正確だ。とにかくそのあたりひっきりなしに風が吹いている。強い風の日は常に風の中に砂がまじっていて、それがぶつかってくる。風がこの大地の完全な支配者だった。

けれどその乾ききった赤い大地にいきなり動くものを見たときはびっくりした。生物など何もいないのだろうときめこんでいたのである。

トカゲであった。けっこう大きく、堂々としている。ヤルダンの背のあたりで立ちどまり「ナンダオマエタチハ」というような顔をして静止した。赤い土の海で見た久しぶりの〝住人〟だった。

フリノケファルス（中国名で沙蜥《すなとかげ》という）の仲間で、特徴は足の指の外側にノコギリ状の突起があり、それを使って砂地を素早く走りまわったり、巣穴を掘る時に役だてるらしい。まあスパイクのようなものだろう。なるほど身のこなしがきりっとスピーディだ。

楼蘭に入る前の砂漠で見たアリも実に早い動きだった。同行した九州大学助手の緒方一夫氏は昆虫学、とりわけアリを専門にしているので、くわしく話を聞けた。

このアリはツヤクロヤマアリで、日本にも同じ種類のアリがいるという。しかし走るスピードは格段にちがってとにかく動きが早い。砂漠に棲《す》むアリはみんな動きが早いのだという。砂漠の砂は太陽に灼《や》かれて日中は七十度ぐらいにまでなる。その上を歩くのは昆虫にとってもイノチがけになる。だから餌《えさ》の捕獲とはいえ地表にいる時間をきわめて短かくするために跳ぶように走るのだという。

なるほどそういう話を聞いて改めてその砂漠の俊足アリを見ると、かれが必死であることがつたわってくる。けっこう大きく体長は一センチほどもある。それがまるで跳んでいるように走っていく。

楼蘭にはこのほかハナアブ、ハエ、ガ、ゾウムシなどがいた。塩生草《えんせいそう》というこのあたりで見ることのできる唯一《ゆいいつ》のアカザ科の草の根をたべているらしい。

楼蘭の主のようなスナトカゲの巣もアカザの草の根もとにあった。トカゲはこの何もない世界でいったい何をたべて生きているのか。

緒方先生に聞くと、アカザの花にやってくるハナアブやゾウムシなどが餌なのでしょう、と言う。その他にも何か食べているのだろうが、とことん追跡はできないからそれ以上はわからない。トカゲの天敵である鳥やキツネなどがいないから、厳しい環境とい

スナトカゲを見つけた。わずかに生えているアカザという草に寄ってくる虫などをたべているらしい（撮影・日中共同「楼蘭」探検隊）

ってもトカゲからみたらかえって安全でいいところなのかもしれない。

楼蘭でのキャンプはウイグル人のコック、ラフマンさんの料理がうまかった。とくに羊の脂《あぶら》をたっぷり使ったウイグル式チャーハンはすばらしかった。それをかきまぜるのがスコップである。第三キャンプに至るまで、あっちこっちで自動車がスタックした。そのたびに活躍していた同じスコップが、ここではチャーハンをかき回している。

一人一缶だがビールも配給された。まさか楼蘭でビールがのめるとは思わなかった。田川副隊長からまた余分に一缶もらった。隠密《おんみつ》作戦ではあったが、なんとか画龍点睛《がりようてんせい》を欠くことなく、目的の地での映像を撮ることができたので、表情も漸《ようや》く少し明るくなってきた。幸か不幸か（いや絶対に不幸なことであったが……）あの厳しいヤルダンの行進を大型ＶＴＲカメラを持てずにやってきたので、永島カメラマンの手首もギプスの世話にならずにすんだ。過激な日々でフトメの安田はすこしほっそりしてきたようだ。細っこい原は細っこいままだったが、この旅で随分タフになってきたように思える。

轡田隊長、長澤教授ともどもまったく元気でびっくりする。隊長はとにかく全員無事に楼蘭に到着し、すべての目的を完遂したことで、そして長澤教授は、永年追い続けていた学問の恋人でもある楼蘭のじかの風に吹かれて満足しているのであろう。

楼蘭での取材写真は同行している中国側のカメラマンが代表して撮った。おれはストゥーパの前で手をあげている写真を撮ってもらった。これではまるで観光名所の前でのおみやげの一枚だが、しかしこれはすこぶる貴重な一枚なのでもある。

楼蘭には三泊した。三晩ともすさまじい星空だった。第三キャンプでも夜ふけに頭がクラクラするほどの星が満天を覆っていたが、ここではそれより凄《すご》い星だらけの夜がやってきた。ぼんやり見上げていると、常に流星が走る。人工衛星もひっきりなしに見える。一時間に八個の人工衛星を見た。星の世界そのものは二千年前の楼蘭王国の時代と殆《ほとん》ど変っていないのだろうが、その二千年間で人類は夜空に自分たちの作った動く星を配した。しかしこの地で見る人類の生存と成長の証《あかし》はそれだけ、である。

楼蘭を去る日の前夜、多くの隊員はテントを出て野天の下、寝袋だけで睡《ねむ》った。星の光だけで文字を読むことができるくらいの〝星夜〟であった。

皆の胸にここから去りがたいものが去来していたのであろう。中国隊の誰かがうたをうたっていた。中国語である。満天の下、天をあおいで睡る、といううたではあるまいか、と勝手に解釈した。

李白《りはく》の詩の一節。

今人不見古時月
今月曾経照古人
古人今人若流水
共看明月皆如此

今の人は見ず　古時の月
今の月は曾経《かつ》て　古人を照らせり
古人今人　流水のごときも
共に明月を看る《みる》　皆此《か》くのごとし

三日後、米蘭に着いた。廃墟《はいきょ》の楼蘭から帰ってくると、このオアシスの緑がおそろしく目にまぶしい。背の高いポプラの梢《こずえ》が風に揺れて光っている。むきだしの赤い土しかない楼蘭は、強い風が吹いても風によって動くものが何も見えない。そういう風景がいかに猛々《たけだけ》しく荒涼としているのか、ということに改めて気づいた。

鄯善王国（楼蘭）がいつ滅んだのか——は歴史学者の中でも諸説あってなかなか特定が難しいようだ。異民族による侵入の繰りかえしによる混乱と、コンチェ・ダリア下流の水資源が涸渇《こかつ》していった、この両方の永い年月にわたる衰弱原因が主であろうと、多くの研究書には記されている。じわじわと回復力を失ない、やがて楼蘭人は国を捨ててハミやチャルクリク、チェルチェン、コルラなどの周辺の地へ移住していったのだろう。

今度の旅で我々の前進基地となった米蘭もその移住の地のひとつであったそうだ。自動車で移動しても随分長い距離である。緑と水を求めて古代の楼蘭人が、さまよえる湖のように、自分らもさまよって多方に散っていったのだ。我々には米蘭の奥にさらに帰っていく故国があった。

米蘭の招待所に帰り着くと、それぞれまたバケツ一杯の水を与えられた。つめたく清々《すがすが》しいオアシスの水で、まず目を洗う。顔を洗い、タオルを水にひたして全身を拭《ふ》く。それから頭を洗う。最後に足を洗う。その段階でまっ黒なドブのような色になっている

日中共同「楼蘭」探検隊。ああ堂々（実際にはああヨレヨレ）の記念撮影（撮影・日中共同「楼蘭」探検隊）

が体はひやりとしてつくづく気持がいい。

部屋に戻ると大きなスイカが切ってあった。スイカは西瓜と書くように、もともとは西域の、ウイグルあたりが原産であるようだ。日本で見るスイカよりも種が大きく果汁があまい。無心でたべた。

陽が長く、なかなか暮れない。招待所の廊下ですれちがう日本人隊員、中国人隊員の顔はどれもとことんまで黒い。

コルラからウルムチまで戻り、そこで日中両隊全員の別離の宴があった。中沢医師が中国隊の人々に胴上げされていた。車輌《しゃりょう》整備の中崎光男、原弘行両隊員が中国の運転手らに激しい握手攻めにあっていた。予想したことではあったが、車輌のトラブルの多い旅だった。そのたびに二人の整備士は砂まみれ油まみれになって闘っていたのだった。病気も怪我《けが》もせずに全員無事で旅をおえたのは中沢医師の働きが大きかった。砂丘の日陰でちょっとした手術まで行なっていたという。三民族にわかれている男たち百数十人の長期にわたる集団行動でこれといった喧嘩《けんか》がなかったのも思えば凄いことである。厳しいが、こまかく口うるさくはない中・日両隊長の人柄によるところも大きかったのだろう。

東京に帰り、この目で見てきた楼蘭と、干上ったロプノールのことなどを妻に話した。結婚前にさまようロプノールの話などをよくしていたが、自らその場所を見てくるなどとは思いもよらなかったから、そんな話ができるのがとにかく嬉《うれ》しかった。

楼蘭でこっそり拾った小石を井上靖氏に、ロプノールで拾ってきた白い巻貝を妻にあげた。

そうしておれはそれからほぼ一カ月間ほど、殆どタマシイを奪われてしまったようにぼうーっと東京の日々をすごした。

あとがき

この旅から帰ってきて数年後、モンゴルへ出かけた。草原の国のかなり奥地へ入っていき、毎日見渡すかぎりただもうひたすら草だらけの大地を移動していた。

そのとき、ここは「草の海」の国なのだ、ということがわかった。

草の海をいく馬は船のようでもある。よく晴れた日、小さな丘に登ってあたりを眺めると、それはまさしく緑の大海で、気持ちのどこかがふるえるような、不思議なやすらぎをかんじるのだった。

その国からはるか西方に、ずっとまえに旅をしたゴビやタクラマカンの、砂に覆《おお》われてひたすら茶褐色に渇きあがった砂漠の大地があるんだなあ、と思った時、ああそうか、あそこは「砂の海」の国だったのだな、ということに気づいたのである。

それにしても草の国のこの安らぎに較《くら》べて砂漠というのはなんとまあ隅々まで果てし無く荒涼としていたのだろう、ということを改めて考える。

日本の国土がいくつも入ってしまうようなあの巨大な荒涼を考えるのは少々思考のエネルギーを必要とする。イメージとしての砂漠ではなく、現実にこの目で見てきてしまった砂漠は、あまりにも人間の呼吸や体のぬくもりと隔絶したところに存在していて、ゆるぎもしないからだ。

まったくもって寸毫《すんごう》の妥協もなくただもう広大に渇きあがってしまったロプノール（ロプ湖）を目《ま》のあたりにしたとき、ぼくは瞬間的に時間というものの暴虐《ぼうぎゃく》を感じた。時間や、その積み重ねから生じる歴史というものの冷酷さ――をだ。

近くに中国側の隊員の姿がなかったので、白いけっこう大きな巻貝を三つほどポケットに入れた。それにしても一面に渇きあがった砂漠にころがっているみわたすかぎりの白い貝――というのも実に奇妙な風景であった。

そのロプノールのかつての湖底を自動車で走り抜けるのに結構時間がかかった。短い休憩時間のおりに、かつてヘディンの見た、まだ満々と水をたたえていた頃の広大な「みずうみ」の光景を必死に思い起こそうとした。

けれどそれはどうやってもうまくできなかった。現実の砂漠の広漠はどこまでいっても妥協というものがない――ということを思い知らされたような気がした。

古代楼蘭人やヘディンの見ていたロプ湖は砂の海のなかに埋没していた。その現実だけが自分の目の前にあった。

日本に持ちかえった白い巻貝は、そのひとつを井上靖先生に、そのひとつを妻にあげた。妻はそれで翌年の春、貝の雛《ひな》をつくっていた。

久しぶりに充実感のある旅をしたな、と帰ってからそう思った。しかし本書をまとめたのち、すこしほっとしてこの旅にでた年などをあらため、そして考えてみると、この旅からもう十年もたっているのだ。十年のあいだにぼくはまた沢山の本を読んだ。沢山のまだ見ぬ大地を思いにとらえた。そしてぼくはまだ元気だ。

一九九八年二月、小平の自宅で

椎名 誠

解説

田川一郎

〝顔色が冴《さ》えない田川〟はボクです。

ビールの配給の列に並び、椎名さんにビールを渡し、代わりに醬油《しょうゆ》をもらっていたのはボクです。

この探検記に書かれていない重要なエピソードを二つ紹介します。

この番組は、開局三十周年記念と銘打った大型番組で、予算は一億数千万円、いや、二億円に近かったのではないかと記憶しています。

〝外国人が楼蘭《ろうらん》の地に立つのはヘディン以来五十四年ぶり〟というキャッチフレーズで、営業活動がなされ、出発前には、すべてのスポンサーが決まっていました。

突然の事でした。

寝耳に水でした。

「楼蘭での撮影は許可しない」という中国側からの通告です。

心臓が止まりそうでした。

これでは、視聴者やスポンサーに対する詐欺《さぎ》行為です。

目的の〝楼蘭〟の映像がないのでは、番組が成立しません。

政治家を動員しての水面下での交渉もなされていましたから、解決するかもしれない、との期待もありました。

椎名さんへは、いらぬ心配をかけるから言わないでおこう、がスタッフの約束事になっていました。

でも、ボクの冴えない顔色から、それは見事に見破られていました。

事態が好転しないまま、米蘭で我々は最終的な通告を受けました。

楼蘭での撮影は絶対ダメだ、というのです。

ギプスの永島が怒って投げやりに言いました。

「第三キャンプから先へは、俺は行かないよ。カメラを持っていけないのなら、俺は用がないもんなあ」

細っこい原が続く。

「僕も行きません」

西が続く。

「俺も行かないよ」

みんな楼蘭には行かない、と言うのです。

この通りにスタッフに実行されたら番組はどうなるのだろうか、ボクの頭は凍りついてしまいました。

重苦しい沈黙を椎名さんが破ります。

「僕の今年の運勢は十年に一度あるかないかの強運なんだ。『ダカーポ』という雑誌が僕の特集をやっていてね、その中で、二人の占い師が僕の運勢をみて、まったく同じ事を言っているんだ。大丈夫だよ」

みんなの顔が輝いた。

嬉《うれ》しかった。

「じゃ、行くか……」

ギプスの永島がつぶやいたような気がした。

細っこい原もつぶやいた。

「引き続き、なんとかなるように交渉を続けてください」

今でも思っています。

あの一言がなかったら、番組は完成しなかったろうと。

出口が見えないで苦悩する集団を椎名さんの一言が救ったのです。

記憶は一方にしか残らない場合があります。

椎名さんは忘れてしまっているのかもしれませんが、ボクにとっては、忘れられない出来事でした。

感謝しています。

「楼蘭に行くのは子供の頃からの夢でしたから、嬉しいのですが、一つだけ気になることがあります」

「なんですか、それは」

「井上靖先生のことです。日本人で一番楼蘭行きの願望が強いのは先生です。その先生を差し置いて、文壇の末席をけがす僕が先に行くのは気がひけます」

というわけで、出発が近づいたある日、ご挨拶《あいさつ》に伺う事になりました。

「楼蘭に着いたら私に代わって、大地に大の字になって天を仰いでください。楼蘭人が仰いだのと同じ天があるはずですから。出来たら、記念に小石を拾ってきてください」

この依頼を椎名さんが実行したのは記述の通りです。

もう一つあった井上先生の願いが記述されていません。

〝レミーマルタン〟が先生から椎名さんに託されたのです。

「これを楼蘭の風に吹かれながら飲んでください。美味《おい》しいと思いますから」

この〝レミーマルタン〟は椎名さんのリュックサックの中で、旅の間中、時々チャポ、チャポと音をたてていました。すでに封が切られ、三分の一くらいが飲まれていたからです。

我々は、その約束の録画を第三キャンプ近くで行いました。

椎名さんが一口飲んで感想を言うシーンです。

ギプスの永島のカメラが回り始めました。

〝レミーマルタン〟が、キャンプ用の真鍮《しんちゅう》の器に注がれ、飲み干されました。

「先生、ついに来ました。ここは楼蘭です……えーえー、（カメラに向かって）ちょっと、すみません、NGにしてください」

言葉が続かなかったのだろうと思った。

「じゃ、いいですか、回します」

ギプスの永島が言った。

再び、さっきと同じように、〝レミーマルタン〟が注がれ、飲み干されました。

「えーえー、すみません。NGにしてください」

どうしたのだろうか。椎名さんの疲労もピークに来てるのだろうかと心配しました。

しばらく休んで三回目のカメラが回り始めました。

〝レミーマルタン〟が美味しそうに飲み干されました。

「先生、楼蘭に来ました。えーえー、ゴメン、たびたび……」

またNGになりました。

ファインダーから目を離したギプスの永島が語気荒く怒鳴りました。

「椎名さん！」

何が起こったのかボクには分かりませんでした。

ものすごい大声でした。

疲労している人間をそんなに怒らなくてもいいじゃないかと、気の毒に思いました。

「何杯飲んだら気が済むんですか！　僕らにも残してください」

ギプスの永島は三回目で椎名さんの意図を見破ったのです。

椎名さんは〝レミーマルタン〟飲みたさに、わざとNGを出していたのです。

「いやぁ、ばれたか！」

四杯目でやっとOKになりました。

すでに椎名さんの目の周りは、ほんのり赤くなっていました。

スタッフもお相伴にあずかったのですが、その量は椎名さんによって厳しく管理されました。

「おっとぉっと、その辺まで」

器につがれる量を全員分指示していました。

でもスタッフは嬉しそうでした。

「うー、沁《し》みるーぅ」

そんなうなり声を上げながら飲み干していました。

スタッフが廻し飲みした後も、ビンにはまだ相当量残っていましたが、それがどこで消費されたのか、その日以来、誰も知りません。

コバンザメテントで、満天の星を眺めながら消費されたのではなかろうか。これは、至福の時であったに違いないと想像しています。


出発の準備をしている頃、登山家の友人がスタッフルームに来て、こんな事を言いました。

「砂漠を歩くとき、荷物は一グラムでも軽い方がいいですよ。植村直己さんは、燃えて半分になったローソクをリュックに入れるか入れないか、真剣に悩みます」

楼蘭に向かって歩いた最後のヤルダン。

ボクは荷物の重さにほとんど死にそうでした。

荷物がもう少し軽かったら、と何度思ったことでしょう。

あの〝レミーマルタン〟は二、三キロはあったでしょう。

辛《つら》かっただろうと思います。

〝楼蘭に着いたら、楼蘭に着いたら……〟

しびれるような願望が、肉体を、〝レミーマルタン〟の重さに耐えさせたのです。

一杯だけでは肉体が満足しなかった。

二杯でも、三杯でも、まだ、満足しなかった。

見つかったから仕方なかったが、椎名さんの身体《からだ》は、砂漠のようにそれを吸い込みたがったのです。

これがスタッフへの分け前が制限された理由です。

それについて、苦情を言う気持ちもありませんし、〝その後、どうしましたか？〟と尋ねるつもりもありません。

〝椎名さん、一人テントで幸せだったろうなぁ〟と考えると、ボクもほほえみがこぼれて、幸せ感に浸ります。

この〝レミーマルタン〟物語の記述を椎名さんが省いたのは、あまりにも幸せすぎて、我々の怒りを買うから、という配慮に違いないと思っています。

楼蘭を離れる前日、ボクは夕陽を眺めていました。

これで旅は終わった、そんな気分でした。

隠して持ってきた八ミリカメラで、椎名さんの到着の感動は撮影できたし、なんとか番組は出来る、という安心感があったからです。

椎名さんが声をかけてくれました。

「いい旅でした」

我々に対する感謝の気持ちでした。

嬉しかった。

「田川さん、色が黒くなりましたね」

「髭《ひげ》も伸びたし、家へ帰ったら犬が吠《ほ》えるでしょう」

二人で笑った。

椎名さんも、黒光りするほど黒かった。

顔も少し小型に見えた。

体重が落ちていたのだろう。

帰国したら、数日先に帰国した椎名さんから自宅に速達が届いていました。

ボクの大事な思い出なので、いまでも、大切に保存してあります。


お帰りなさい。

本当に本当にお疲れさまでした。そして、旅の間、いろいろお世話になりました。

こまごまと気を使っていただき、つくづく感謝しております。

それにしても、田川さんの精神面と体力双方のタフなことにはおどろきました。

いままでぼくの出会ったテレビ界の中で、もっとも強い人ではなかろうか、と思っています。

とにかく、お疲れさまでした。

ひと足早く、日本の味噌汁《みそしる》や、たっぷりの湯に出会ってぼくの方は早くも軟派化しております。

どうぞ、ゆっくりお休み下さい。

椎名誠

〝楼蘭に行きたい〟という子供の頃からの椎名さんの夢と強い願望が、この旅を完結させました。

そして、十年に一度の強運で、我々を絶望の淵《ふち》から救ってくれました。

深く感謝する次第です。


（平成十二年十月、テレビ・プロデューサー）

この作品は平成十年三月新潮社より刊行された。

新潮文庫最新刊

妹尾河童著
少年H（上・下）
「H」と呼ばれた少年が、子供の目でみつめていた〝あの戦争〟を鮮やかに伝えてくれる！笑いと涙に包まれた感動の大ベストセラー。

筒井康隆著
敵
渡辺儀助、75歳。悠々自適に余生を営む彼を「敵」が襲う――。「敵」とはなにか？　意識の深層を残酷なまでに描写する長編小説。

平岩弓枝著
風よヴェトナム
舞台照明家・健が心惹かれた二人の女性、聖子と千尋。彼女たちが背景にもつヴェトナム現代史の影とは？　トラベル・ミステリー。

佐々木譲著
ワシントン封印工作
日米開戦直前のワシントンの日本大使館――。和平交渉の下で進む諜報活動と、愛の三角関係をスリリングに描く外交ミステリ長編。

椎名誠著
砂の海
―楼蘭・タクラマカン砂漠探検記―
目的地は、さまよえる湖・ロプノールと二〇〇〇年前の幻の王国・楼蘭。砂塵舞う荒野をずんがずんがと突き進むシルクロード紀行。

江國香織著
絵本を抱えて部屋のすみへ
センダック、バンサン、ポター……。絵本という表現手段への愛情と信頼にみちた、美しい必然の言葉で紡がれた35編のエッセイ。

砂《すな》の海《うみ》

—楼蘭・タクラマカン砂漠探検記—

新潮文庫　し－25－23

平成十二年十二月一日発行

著者　椎《しい》名《な》誠《まこと》

発行者　佐藤隆信

発行所　株式会社新潮社

郵便番号　一六二―八七一一
東京都新宿区矢来町七一
電話　編集部(〇三)三二六六―五四四〇
読者係(〇三)三二六六―五一一一

価格はカバーに表示してあります。

印刷・大日本印刷株式会社　製本・株式会社植木製本所

ISBN4-10-144823-X C0195